末班車的神明大人
繪者 左萱
StationMART

目錄

第一話 化妝包 003
第二話 斷點 045
第三話 運動 087
第四話 關不起的剪刀 125
第五話 站在高架下的辰子 167
第六話 紅色的繪圖用具 211
第七話 月臺門 257

第一話

化妝包

每每橫越鐵軌接縫，總會隨之響起的引擎運轉聲，戛然而止。

列車突然減速，害得我抓著吊環的手也跟著被用力一扯。

我趕緊看了一下襯衫下襬有沒有跑出裙子外。之所以會這麼在意，單純只是因為我平常不怎麼穿裙子。

眼前男子突然縮起單邊肩膀，接著晃了幾下頭。可能是我在放鬆肩膀時，下意識地吐氣，不小心吹到他的脖子上了。

大家都不太敢大力吸氣。怕在別人耳邊發出巨大呼吸聲，或是吸入不知是誰呼出的酒臭味，更不想聞到撲面而來的異性氣味。還有，盡量讓自己別沒事扭動身軀。

沒有誰強迫誰，大家都給自己制定了完全相同的規則。

像這樣與他人貼得如此緊密，除非是在擠滿人群的車廂內，不然這舉動實在很不尋常。而如此不尋常的舉動，在這節車廂內的每位乘客，幾乎每天早晚都要重複經歷一次。一天兩次，一邊做出如此反常的行為，一邊過著他們的生活。

想想便覺得有些可笑，忍不住笑了出來。

啊。我剛才是用什麼樣的表情在笑？有笑得好嗎？我突然很想確認一下自己的表情，隨即瞥向一旁的玻璃車窗。就像幾個小時前，我在家裡對著鏡子練習過的笑容那樣。我一邊看著映照在玻璃車窗上的自己，一邊嘗試勾起嘴角——是個完美笑容。

而在同一面玻璃車窗中，還有另一個人也在盯著我這個完美笑容。

那個人就是站在我身後的年輕高個男子。他的頭髮有用造型產品固定，抓得高高的，搞不好還有修眉。

那名高個男子在玻璃車窗中，衝著我一笑。

那是個充滿自信的笑容，讓人不禁寒毛直豎。他該不會誤以為我在對他微笑吧？別開玩笑了，我跟你註定是不可能的。

我不知所措地連忙轉頭，卻還是感覺好像被人盯著猛瞧。

後來我決定避免和他對視，盡量望向遠方。在我和車廂的座位之間，站著兩名男子。我可以從他們的中間，清楚瞧見外頭的景致。

大街上與高架交錯的居酒屋招牌，大樓窗內亮起的點點燈光。窗簾的間隙，還能看見電視散發出來的藍白光。

儘管我每天都會經過這個地方，卻從未將這裡看得如此仔細。今天的電車開得異常緩慢，明明都還沒有到車站附近。

正當我這麼想時，列車突然緊急煞車。車廂連結處發出尖銳的摩擦聲，我跟著一大群人向前倒去，手差點就要放開吊環，但我還是有死命撐住。

在我腦中的畫面是，我的手不小心鬆開，包含我在內的乘客全數倒下，旁邊的人又從上頭一個個接連壓上——悽慘的哀號聲此起彼落，我的耳朵都快被夾斷了。

然而，眼前的現實卻是一片寂靜。

在我吊環正下方的男子，正死命地撐住自己的身體。因為他正對座位方向，此刻就像一個中間剖開的咖哩麵包內餡，整個人突了出去。而面對眼前的男性肚腩，坐在位子上看著手機的女性也是毫不客氣地露出一臉厭惡，隨即別過臉去。

沒過多久，也不知道是誰的耳機掉了，我隱隱約約聽見某處傳來陣陣音樂聲。是麥可・傑克森的〈比利・珍〉。

就這樣，車上沒有半個人開口說話，只有身上的衣物窸窣作響，一群人又回到原本的位置上。麥可・傑克森的〈比利・珍〉也聽不到了。

列車還是停在原地。

沒有開窗的車廂內十分安靜。感覺不管發出什麼聲音，塞滿車廂的人們好像也會變成吸音材料，為車廂內消音。
這種停車方式真令人不悅。恐怕大部分的人心裡都這麼覺得吧。我光是發出呼吸聲都覺得在意，只好嘴巴半敞，讓口鼻能均勻呼吸。口好渴。
大家都是一個人嗎？沒有人要說話嗎？雖然站著的乘客連轉個身都很難，但坐著的人至少也打通電話嘛，不管誰都好。
車廂內明明沒有禁止交談，為何電話就要被禁止呢？我開始思考，至今為止認為是理所當然的事，是否有點太強人所難了。
聽說電話會對心律調節器產生影響一事，似乎也只是都市傳說。我曾在某次法事上遇見伯父，他那時還將胸前口袋中的手機拿出來向我炫耀一番，不過我記得他似乎在多年前就已經在身上裝了心律調節器。
吱——的一聲，一陣微弱的噪音響起，也不知道擴音器在哪裡。緊接著傳來手握麥克風的沙沙聲。
【嗯、那個，車長廣播。】
是一名女性的聲音。
【各位旅客您好，很抱歉耽誤您們的寶貴時間。現在K鎮鄰站發生了人員意外

掉落軌道事件，故本列車在此臨時停車。】

廣播感覺很卡。

【重複一次，現在……】

完全相同的廣播內容，第二次就說得比較順暢了。

像這類廣播內容也會有指南手冊嗎？在「Dueple」的朝子是**鐵道迷**，搞不好問了她就會知道。

那間店的優點，應該就是聚集在那裡的客人，並不會被職業或是學歷給綁住，活得很自由吧。

朝子今晚的妝容很棒，華麗一點的衣服和妝容確實比較適合她。不像我，被說成像語文科畢業的會計。

「妳今天怎麼跟平常不一樣？怎麼了嗎？」被我這麼一問，朝子便表示是百貨公司的化妝品專櫃小姐幫她畫的妝，在場所有人都嚇了一跳。

「好厲害，那可要很大的勇氣吧。」

「要是我絕對無法。」

稱讚朝子的聲音紛紛響起。

身旁會有不認識的人一直經過，臉還會被專櫃小姐一直近距離盯著，這對我來說實在無法承受。

收到大家良好反應的朝子心情非常愉悅。只見她一臉得意地將頭微微傾斜，做出了她的招牌動作——看來應該是有刻意練習過。一想到她對著鏡子反覆歪頭的景象，不覺湧起一種好笑的感覺。

在大家對朝子的讚美大致告了一段落之後，我們決定為她的勇氣乾杯。同樣坐在吧檯的其他三人也各自請她喝了一杯酒，最後朝子喝得酩酊大醉，我從未看過喝得如此瘋癲的她。

「朝子的肌膚真的很細緻～好棒哦。」那張人人稱羨的臉蛋，此刻正漲得赤紅。「還好啦。」朝子眨眼的表情又增添了幾分可愛，大家見狀樂得紛紛拿出手機打開照相功能，要求她再做一次。而朝子也相當配合，又重複說了一次：「還好啦。」並搭配眨眼的動作。最後是由吧檯內的媽媽桑幫大家拍了張團體照，雖然年紀一大把了，大家還是比出了ＹＡ的手勢。

「都幾歲了啊，真是的。」媽媽桑雖然用著男性語調說道，卻還是一一指導大家在合照裡的姿勢。好歹媽媽桑白天的工作也是一名攝影師，拿出來的相機也是一臺又黑又大的單眼相機。其實光是拿出專業相機就已經夠讓人興奮了，也多虧了專業人士很會抓時機按下快門，讓我們被拍得也很開心。

「不可以把照片上傳到臉書哦。」

「不會啦不會啦。」

彼此答應對方的約定。

在度過如此愉悅的時間後，回程電車卻停了下來。

由於太過開心，我比平常多待了一小時。如果沒有晚走的話，我應該就不會被人員意外掉落軌道的事給耽擱在這了。

人生不會只給你愉快的結尾。我試著在腦海中，思考著帶有教訓意味的字句。

其實我會那麼晚離開 Dueple，是因為拍完照後，大家對於人生的定義討論了一番。

「不管什麼東西，只要加上『人生』二字，感覺就會淪於陳腔濫調。」

喝醉的瞳率先開口道。大家聽了也紛紛對「人生」表達自己的意見。

「人生有起有落。」

「那不是廢話嗎？」

「人生就是學校。」

「這句話感覺就很名言。」

「人生就像騎腳踏車。」

「什麼意思啊？」
「這是愛因斯坦說過的話，想保持平衡就得不停地往前走。」
「停下來把腳放下不就好了？」
「說得也是。」
我們就像女高中生一樣一邊喧鬧，一邊唱著〈人生百態〉，又唱水戶黃門的〈人生有苦也有樂〉。媽媽桑是五十幾歲，瞳則是四十幾，而我是三十二，至於朝子我記得是二十四，我們剛好橫跨各個世代。除了話題多樣化之外，也因為在店裡可以遠離一般日常，讓人也比較放鬆，所以不管有沒有醉，大家都玩得很盡興。
「我想想……人生、人生、人生啊……」
大家都想著還有什麼名言佳句，一個個開始低語呢喃。
「人生就像是一臺十段變速的腳踏車，大多數人都有沒用到的排檔。」
就在瞳一面盯著手機螢幕一面說道的同時，大家突然安靜了下來。
「這是誰說的？」
「奈勒斯，史努比的朋友。」
此時，現場突然被一股暢快的領悟感所支配。而說出這句話的人，不是哲學家也不是文學家，更不是政治家或經商有成的某人，只是一個在漫畫裡登場的小孩，針對人生說出了嶄新的見解。大家都默不作聲，也不知是否從奈勒斯的話中想到了什麼。總而言之，每個人都被這句話小小打動，同時也為此感到喜悅。某種意義上來說，就像是眾人一同跨越了人生這座山的感覺。或許來 Dueple 的客人，都比一般人多使用了一個檔位吧。

廣播內的雜音又將我拉回了現實。

【呃……本列車再次廣播，很抱歉耽誤各位旅客的寶貴時間。現在由於K鎮鄰站發生了人員意外掉落軌道的緣故，本列車在此臨時停車，等待恢復通車，請各位旅客留在原地靜待消息。】

根本沒有任何新的消息，只是重複了原本的字句。

「就算他不叫我們等，我們也只能等啊。」

某處響起一名男子用著口齒不清的聲音說道。周遭立刻湧現像是贊同，又像失笑的反應。

從剛才的廣播到現在，應該是沒有後來上車的乘客，所以並不存在需要聽重複廣播的人。不過就算是相同的廣播內容，有總比沒有好。

幾百位彼此不認識的陌生人心裡同時想著，搞不好會有什麼新的資訊，便一起豎耳聆聽，有沒有新的資訊反倒是其次了。

畢竟大家都很無聊，在廣播結束前的幾秒鐘，所有人確實有過期待而感到內心澎湃。

「那個剛才已經說過了啦。」

如果眼前有位男性列車長，很有可能會有乘客就這麼直接嗆回去吧。我莫名覺得，光是擴音器那頭的列車長是女性這件事，似乎讓車內一觸即發的情勢緩和了下來。

女性的好處真的比較多。

就像今天一樣，只要一出門我就會這麼覺得。

儘管從事相同的職業，男女之間還是有著決定性的不同。就算身為列車長的女性本身個性再怎麼像個漢子，或是外表與一般男性喜好相差甚遠，她只要能透過擴音器發出女性的聲音，僅僅只是這點，她就有了價值。

我想看看現在時間，便將視線轉向抓著拉環的左手手腕。

沒有手錶。傍晚換衣服的時候一起拿掉了。

不過我倒是可以看見前方男性的手錶。那只錶看來不貴卻耀眼得很。雖然我對手錶不是很了解，但是這獨特的光澤讓我覺得有點眼熟，似乎滿常見的。對了！我想起來了，是商家熄燈前的花車特賣會。

「承蒙各位顧客的關照，本店即將歇業，感謝各位長久以來的支持。現在清倉大優惠實施中！」

就是有一個男子，每天都啞著聲音喊著同一句話，早在好幾年前就一直存在的閉店清倉大拍賣。它就像那種店裡「花車內的品項每件只要一千日圓」的手錶。我自己是這樣覺得，至於事實如何，其實一點也不重要，我只是很無聊，心底渴望著故事。

男人的手錶顯示，從列車停下來到現在已經過了二十分鐘。

唉——我轉頭望向窗外，這才發現一旁的大樓屋頂設有電子公告欄，上頭的數位看板正顯示著時間。

什麼啊，要是電車一直停在這裡，根本就不需要手錶了嘛。

想要知道時間也不需要透過眼前的男人了。

我抬頭看著車廂的天花板。

藝人捲入吸食興奮劑疑雲、政治家的髒錢疑雲、大型企業的解僱部門實際樣貌、非正式員工的現實、加入年金不吃虧、打敗代謝症候群的十個祕訣、當大型意外發生，老舊基礎建設崩壞時。

男性向雜誌的懸吊廣告，充滿著殺氣騰騰的氛圍。

今年春天的流行口紅、百搭短裙、獻給自己的獎賞——前往亞洲度假勝地、春天的倉敷、尾道的美食之旅、聯誼必勝的露香肩祕訣就靠這招、帶有春天氣息的化學洗（註1）、丸之內的最新午餐情報。

明明薪水少，工作又不穩定，為何女人還能如此樂觀呢？

安心的醫療保險、有效解酒的飲品、小班制的英語對話班、只要收聽就能習得英語的教材、使用高科技主導材料領域的公司。

就連車門上重複播放的無聲廣告，光是會動這點，就足以讓人一看再看。

接著我將視線轉往車外。儘管視線範圍內的所有東西我都全部看過一輪了，電子時鐘的時間卻還是只前進了一分鐘。

「喂？我現在在電車裡，車停了，聽說是有人意外掉落軌道。嗯，已經過了三十分鐘了。」

在場所有人都聽見了那名女性的對話。

她正坐在座位上，我好羨慕她前方的寬敞空間。要是我周圍空間能再大一點，

註1　化學洗：牛仔褲製作的方式之一，透過使用強鹼助劑，讓衣物達到褪色的效果，洗後衣物有較為明顯的陳舊感。

我就可以拿出手機打發時間了。為什麼我沒有先戴好耳機聽音樂再上車呢？

有人意外掉落軌道ＩＮＧ。電車停了下來。廣播一點用也沒有。到底要等多久才能動？慘了，有點想上廁所。

在這班列車的座位上，一定有很多人在使用一般手機或是智慧型手機，大量地在發送這類訊息吧。

不像我連呼吸都要注意，甚至是自然的轉身也得壓抑，真想詛咒這種差別待遇。這種窒息時刻究竟要持續到什麼時候呢？為了尋求廣闊的空間，我選擇望向窗戶，恰巧電子時鐘的「分」正好動了。光是這樣就讓我有點開心。

由亮點所組成的數字前方玻璃窗中，剛才和我對到眼的輕浮男正在看著我。那男的就在我的正後方，離我很近。此刻的我們，身體幾乎是一前一後地交疊在一塊，並透過玻璃的鏡面在對視。我無法理解眼前的情況，只好慌忙低頭。

不知道是不是我的錯覺，男人的呼吸開始變得急促。

「妳長得也滿漂亮的，為什麼不選亮一點、女性化一點的衣服來穿呢？」

雖然我時常被Dueple的同伴還有基地的成員說我穿得太樸素，但我並沒有打算用服裝來吸引人注意力。重要的是我要做我自己。

我開始擔心起自己的身後。現在他眼前看到的是，我那戴著耳環的耳朵，以及從黑髮中裸露出來的頸部。透過玻璃窗，我看見自己精心化好妝的臉，和那張帶著莫名自信感的男人臉重疊在一起。

我藉著鏡面，稍微觀察了一下那個男人。

他正皺著眉頭看著上方，表情一副很擠的樣子。他的視線落在週刊雜誌的懸掛廣告上。兩張廣告的其中一邊是男性向的週刊雜誌。照片是一個很像壞人的政治家，好像是刻意挑過的，上面還印有哥德體的紅色標題。隔壁的廣告則是有點小張，是某位最近迷上新興宗教的女性藝人，仰頭看著半空中的黑白照。雖然他應該早就看過好多遍，卻還是抬起眼睛看了一會兒，隨後又把視線移到隔壁廣告上。

〈迷人的頸脖〉

我透過玻璃，循著男人視線，看見一則上頭印有紅色標語的女性向廣告。它的第一篇特輯標題就是「迷人的頸脖」。上面是全彩印刷的美麗女性背影的頸脖特寫，旁邊還有一行文字寫著——「今年春天，女人就要靠頸脖處來決勝負！」只有「頸脖處」這三個字還特別用了不一樣的字體放大跳脫出來。

我雞皮疙瘩都要起來了。

當我的視線回到男人臉上時，玻璃窗中的男人已將視線落下，看著我的後頸。

儘管這畫面是在幾公尺前的玻璃窗上，但實體的男人卻是在我頭部後方的數公分處。

我不自覺地動了一下肩膀，剛好鏡面裡的他同時嘛嘴。不一會兒，我的脖子就有種被風吹到的感覺。如果單看這畫面，就像是我對他吐出的氣息起了反應。

他的眼神越過我的肩膀，窺視著玻璃窗中的我。

我別開視線，同時意識到，我慌忙轉移目光的動作也被他看到了。

在這種狀況下，我知道男人在想什麼。

可能會發生不好的事情。

我的呼吸變得急促。越是不想讓人察覺到自己的不安，越是無法抑制肩膀上下起伏。

為什麼過了這麼久都沒有下一個廣播？現場也差不多處理完了吧？就算還沒，至少也應該知道還要多久吧？像是三十分鐘——不、就算要一小時，不是也應該要給個交代嗎？

「啊，喂？」

剛才那個女人又開始講電話了。

「超慘的。根本一動也不動，末班車都要沒了。還是你會來接我？」

電子時鐘上顯示著23：57。

對我來說很重要的K鎮車站末班車，一般來說是十二點零八分會來，我還剩十一分鐘。

【各位旅客，很抱歉耽誤您們的寶貴時間。我們剛才已接獲通知。】

喔喔——車內充滿著無聲的回應。

【很抱歉讓各位旅客久等了，K鎮車站的修復作業即將結束，本列車將預計在十分鐘左右後重新發車。重複一次，K鎮車站的……】

也不知道是誰先拍了手，周遭也跟著響起一陣掌聲。不過車廂內擠滿了人，乘客大部分也都無法自由行動，因此能拍手的人並不多。

修復作業即將結束……廣播繼續。

修復作業要結束了。我都忘了，這輛電車是因為人員意外掉落軌道才停下來的。人員意外掉落鐵軌這個詞我已經聽習慣了，雖然現在使用這個詞已經變成一件非常理所當然的事，但其實這就意謂著有人死了。既然是在車站發生的事，那就是有誰跌落月臺，或是有人跳下鐵軌，之後被進站列車給輾過的意思。我只專注在自己乘坐的電車停了下來，卻沒有思考到意外事故。

那個場景不小心浮現在我腦海裡。

明明我也沒有親眼看過誰跌落軌道，但我就是會不自覺地聯想那個畫面。為什麼我連「思考」這個動作都無法好好控制呢？

煞車的聲音、月臺上的悲鳴、警鈴響起。這些無聲的聲音卻讓我想摀住耳朵。被進站列車遮蔽的視野、應該是要在對面月臺的人、反射著月臺燈光的鐵軌、滑入鐵軌的銳利車輪、撞上東西也絲毫不為所動的重量、肉片、撕裂的衣服、飛濺的血。

列車後來停在什麼地方？車上的乘客都下車了嗎？要怎麼在停車位置前方臨時停車的車廂中下車呢？還是說列車會不管車輪還卡著人，就直接開到原本應該停車的位置？

不會吧。

我閉起眼睛，口中傳來鐵鏽的味道。

即將結束的「修復作業」，指的就是收集那些到處散落的東西，再把它們運到別處去。那班列車就這樣繼續載乘客，重新出發嗎？那輾過人的同一個車輪，會繼續運轉，一路滾到終點站嗎？

「喂？是我。好像等等就能動了。對啊，下一站是K鎮車站。嗯，我知道了，沒問題。」

我被她第三通電話療癒到了。

沒有半個人指責她在車廂內講電話。這也是人之常情。在無聊的車廂內，聽別人的現場對話不是很有趣嗎？

我有點想看看那個講電話的女人長什麼樣子，便往聲音傳來的座位望去。

結果，我又和後方那個男的對到了眼。他這次對我投以一個充滿自信的笑容。妳不是看了我很多次嗎？我可是知道的，妳很在意我對吧？

好噁心，別開玩笑了。我是有在意，雖然是有在意，但是跟你想的可不是同個意思。我本來想瞪回去，最後又打消了這個念頭。還是不要讓對方覺得我在回應他比較好。

正當我安靜地將視線調回前方時，我感到身後有種奇妙的觸感。屁股附近似乎被什麼東西給抵著。

不會吧。

我嚇了一跳，但更多的是啞口無言。這傢伙是怎麼回事？

【抱歉讓各位旅客久等了，本列車即將重新發車。】

列車長的聲音很激昂，讓車內氣氛一下子變得明朗起來。

我從來沒有聽過重新發車的廣播會像這樣如此充滿情緒。

感覺站著也沒那麼累了，真是不可思議。原本大家還把各自體重的幾分之一靠在他人身上偷懶地等待，現在全都重新站穩腳步，平均分配重量給左右腳，打算靠自己站立。

我有這樣的感覺，就像剛踏入車廂時那樣，每個人的心中都是朝著各自的目的地前進。

前往一人獨居的公寓、前往燈火通明的家、前往有情人等待的家，搞不好還有警備人員要前往夜班的值勤地點。

不管那個地方在哪裡，人們總算是再度朝自己的目的地前行。

滋——

伴隨著小小的震動，列車也開始行駛。

擠滿車廂的乘客猛然晃了一下，不過很快又冷靜了下來。

連鎖居酒屋的紅色招牌被留在身後，電子時鐘也看不見了。長達一段時間沒有變動的窗外景色逐漸遠去，視野中不斷出現新的景色。

大約再過個兩、三分鐘，列車就會駛入K鎮車站的月臺。

我要在那裡下車。

我家並不在那裡，但有件重要的事情等著我去做。

我得先去那地方一趟，之後再回來搭車。不管時間有多晚，我都必須趕在末班車跑掉以前完成所有的事，然後再坐上之後的下行列車（註2）。末班車的時間就要到了。那班車應該也會延遲，只是看這情況大概是趕不上了。不過話是這麼說，我也無法直接搭回家。在遭遇危難時，只能先去做自己做得到的事，剩下的再從中找出最佳的解決辦法。

列車開始減速。

我將身體轉向車門方向，以防自己下不了車，同時也在向周遭表示——我要在下一站下車。

身後的感覺有點微妙。我明明都已經改變了身體方向，腰間同個地方卻還是留有相同的觸感。如果只是偶然碰到，那麼只要我一移動，他碰到我的地方應該也會跟著改變才對。

他故意把手貼在我裙子拉鍊附近。

我盡量不移動臉部，只用眼睛看向玻璃窗。

只見那男的下巴不自然地往前，接著慢慢將臉湊近我的脖子。

註2　下行列車：日本的鐵路以東京為中心，接近東京的列車稱為「上行」，遠離東京的列車則稱為「下行」。

不對，他是打算把手的位置再往下移一點。

儘管這動作令人寒毛直豎，但我也沒有像剛才那般不知所措了。只要再過兩分鐘，我就可以從這個空間解脫，而這個男人也會自動地和我分開。屆時，他也不再是我為了自身安全，不得不維持關係的「鄰居」。

那隻手往下滑了過來。

看來這男的也意識到我們的鄰居關係即將結束，所以採取了新的行動。

他的手正嘗試闖入我的大腿間，過膝粗花呢（註3）裙的高度剛好阻擋了他的入侵。

玻璃窗內的男人已經把頭低到我的肩膀。在這狹窄的車廂內，他已經無法再繼續彎下腰，完全白費了工夫。其實只要知道他手的正確位置，就會覺得映照在玻璃窗內的他，脖子以上的不自然感有多麼的滑稽。我已經完全掌握到他的狀況，就算看不見人，也知道他在我身後呈現的姿勢有多麼不自然。

列車開始慢慢煞車。

隨著列車減速，車上乘客也跟著擠成了一團。就在周圍出現間隙的瞬間，那男

註3　粗花呢：一種由粗羊毛編織而成的織物。

的立刻嵌入我身後——不出所料，他的手來到了我的裙底下襬處。

我正等著這一刻。

不過我還是沒有將視線從玻璃窗上移開。

我只是稍微扭個身，那隻手就被我擋在大腿外側，而我們的位置，也變成我的肩膀抵著男人的胸口。我也不用特別尋找，剛好肩膀垂下的手臂前方，便是他的胯下。

在列車靠站之前，我用手輕輕地抓住他雙腿之間的東西。

玻璃窗內的男人便驚慌地開始找尋鏡面中的我。

就在他的視線搜尋到我的瞬間，我給了他一個妖豔的微笑。

那是我一直在對鏡子練習，數小時前也在鏡子前確認過——誘惑男人的最佳笑容。

男人起先面露困惑，隨即便轉為「哦」的表情。真是讓人意想不到的收穫。他心裡一定是這麼想的。

我在彼此的視線交會下，輕輕地噘起嘴。

在那男的眼中，看起來應該是在問他「如何」的意思。

列車在K鎮車站停了下來。

接著車門打開。

我維持原本背對男人的姿勢，隨著人潮湧向月臺。

多麼新鮮的空氣啊。

就在人群稍微散去一點的時候，有人拍了拍我的肩膀。

是剛才那個男的。

他見我停下腳步，便繞到我面前說道。

「嘿，有沒有興趣一起去哪裡喝一杯呀？」

我假裝低頭猶豫了一下，隨後便抬起頭來，露出一個自己最美的表情，直直地盯著他瞧。

看來這更加深了他的自信。

「真的非常抱歉，我只對女人有興趣。」

我用我平常的聲音一回道，男人的表情瞬間崩潰。只見他就這麼難看地張著嘴巴，眼睛不停地轉動。

「不會吧……」

他應該是這麼說了，不過幾乎是用氣音。

我就這麼直接走向剪票口，在下樓梯前回頭看了他一眼。剛好看見那男的想走回原本那班列車，卻被眼前關上的車門給阻擋在外。

真可惜，再見了。

我把手機拿出來，準備通過自動剪票口。這時便發現裡頭有封訊息，還有一通未接來電。

沙代子在四十分鐘前有打電話給我，那時我剛搭上電車不久，訊息則是過了五分鐘之後傳來的。是有什麼事嗎？她平常是不會在這種時間聯絡我的。

「馬上打給我，急事。」

即使同住一個家，平日的我們都在家裡跟工作地來回往返。也因為兩邊的工作都很忙碌，晚餐幾乎是以外食為主，所以到半夜以前的時間，我們都是個別行動的。偶爾比較早回家的話，也都是一個人煮飯一個人吃。也不是說不等對方回來，只是我們也不會去確認對方何時回來。

不是一個人隨便吃一吃，就是稍微抱點期待，等到晚上九、十點之類的，最後等不到人就自己找時間先吃了。

我們一直以來都是過著這樣的生活，所以她今天主動聯絡我，也就意味著發生了什麼特別的事。

「要不要喝一杯？如果你十一點前到車站的話就打給我。」

我收到這封訊息時，大約是在去年夏天之前。從我們家到車站的路上，新開了一家串燒店，如果拿廣告傳單去吃的話就能打折。

「我拿到獎金了，所以這一餐由我來請。」

當時我們是約下班後，十點半在西麻布集合。飯後我們又去了好幾家酒吧，最後住進東京都內的飯店。在那之後又過了一個星期，換我拿到獎金，我們就在神樂坂一家開到半夜，很好吃卻滿貴的小餐館，點了主廚推薦的綜合生魚片配上山形的酒。

「雖然有點突然，但是……螃蟹寄到了哦！是螃蟹哦～螃蟹～你不快點回來我就要自己吃掉了唷！」

我那時無法趕回去，後來坐末班車回家時，發現沙代子趴在桌上睡著了，身旁還有一瓶空掉的純米酒酒瓶。她真的一個人把螃蟹給吃光了。隔天早上因為她說：「這還是我人生第一次，什麼東西都沒吃只吃螃蟹，吃到我肚子好撐。」所以我便忍不住吐槽她一句：「不是只有螃蟹吧？七百二十毫升的酒不是也很撐嗎？」

距離她上次晚上突然傳訊息來，可以追溯到好幾個月以前。

沙代子傳訊息給我，就是這麼難得的事。

其實仔細想想，每次她傳訊息給我時，我們都度過了一段滿愉快的時光。

三月的晚上還是有點涼意。

我再次確認沙代子是從家裡打給我之後，在過了剪票口的同時，便撥了通電話給她。

響鈴在三聲內如果沒有接起來就會轉到傳真機去，所以我又重新撥打了電話子機。七次、八次……沒人接。明明四十分鐘前，她才從家裡打給我的。

可能她在洗澡或是在上廁所？

如果只響幾聲就掛掉，沙代子會生氣的。

「我都急急忙忙地從浴室跑出來接電話了，沒想到你卻給我掛掉。都難得打電話來了，不能再多等一下嗎？你就是這麼沒耐性。」

不知道幾分鐘之後，好不容易打到她接電話，我會被她這樣念多久。不過一想到當下的沙代子，全裸地跑到電話子機放置的地方，走廊還一邊滴下一堆水漬，就不會覺得她生氣得毫無道理了。

步出剪票口的人潮被轉角的便利商店吸去了大半。

就快到基地了。

這個時間點，俱樂部的成員應該都不在了吧。

我們五人都有穩定的工作。那地方是其中一名同伴的老家祖產，我們用五萬日圓租下，水電也是五人均攤。從K鎮車站徒步四分鐘，屋齡二十年的1DK（註4）。對於優秀成年人的興趣來說，我認為這是個很合理的投資條件。彼此如果都有時間，我們也是會在房間內一邊喝酒聊天，只不過大家基本上都是換下衣服後便馬上回家。每個人都有自己經常出沒的地點，關於自我表現的方式也是各有不同。像我只會從基地搭車到Dueple，通常在那裡和擁有相同興趣的同伴一同聊天，有時候會像今天這樣偶爾放縱一下，之後再搭車回到基地。

我踏上階梯來到二樓，迅速地從手提包中拿出鑰匙。

為了讓五人使用而打的鑰匙，作工不是很精細，每次都無法順利插進鑰匙孔裡。

我打開老舊的鐵門以及房內的電燈，空氣中有股淡淡的化妝品味道。

沙代子也差不多從浴室裡出來了吧？

我點開通話紀錄，又打了一次電話給家裡。

還是沒有人接。如果她是在離電話最遠的地方，而且還無法馬上離開的話，那這通電話應該會響多久呢？我的腦中浮現出房間的模樣，以及正要去接電話的沙代

註4　1DK：日本房型格局縮寫，D為廳，K為廚房，即為一房一廳一廚房。

子。

沒人接。

我開始有點擔心，決定打她手機。

這次打了兩聲就接了。

「喂？妳怎麼了嗎？」

「喂？」

是個男的。

我是從通話紀錄打過去的，所以應該不可能打錯電話。我想要釐清狀況，腦袋卻陷入一片混亂。

「喂？」

「您是常田沙代子小姐的家人吧？」

「啊，是、是的。」

「我是救護員加藤。我現在正在救護車上，護送沙代子小姐去醫院。因為她現在人就躺在我旁邊，所以我代替她接了電話。」

「救護、救護車？你是說救護車嗎？」

「是的，請您先冷靜下來。我們在晚上十一點四十二分接到一一九的通知，並在剛才抵達現場——呃、您的家裡。沙代子小姐的意識還很清楚，但本人表示肚子非常痛。」

我擔心聽漏，便把耳朵壓在電話上。

「從血壓、脈搏、呼吸看來，目前並沒有生命危險。」

對！我想知道的就是這個。

「那請問我應該前往哪家醫院呢？」

「我們目前還沒確定要送往哪家醫院。」

什麼？

我腦中突然浮現「被當人球」這句話。我曾經看過一個名叫《急救醫療的現狀》紀錄片。現在沙代子經歷的就是片中所發生過的場景。

「何時才會確定呢？」

「我們現在正在與各方取得聯繫當中，無法告知您何時才會確定。」

時間不停地流逝，運送地點肯定也會越來越遠。這樣到達目的地需要的時間也就越多。

我彷彿聽到了一旁的呻吟聲。

「那個、請問她看起來很痛苦嗎？」

「看起來是很痛苦。」

「你們沒辦法幫她止痛嗎？」

「我們無法在救護車上做職權以外的醫療行為。」

「連幫她打止痛藥都不行嗎？」

「是的，沒有辦法。」

竟然連很會忍痛的沙代子都叫救護車了，想必她一定很痛。現在沒辦法幫她採取緊急治療，連送去哪裡都還沒決定，竟然只能被綁在狹窄的救護車床上。

「等到確定送去哪家醫院後，我們會再聯絡您，還請您稍等一會。請問聯絡的話，撥打這支手機給您可以嗎？」

「好，麻煩你了。」

電話已被掛斷，我茫然地站在原地。

我的腦中一片空白，不知道現在該怎麼辦，也不知道該優先做什麼才好。

我把我的掛衣架拉到鏡子前，脫下駝色的毛衣外套。我急著想快點解開身上的女性襯衫，卻被鈕釦的左右搞得腦袋一陣混亂。

當我脫下灰色的裙子後，鏡中映照出的是穿著胸罩與絲襪的自己。寬闊的肩膀。

在我看見那畫面的瞬間，我的意識也跟著切換。

在此之前，我幾乎是個女人。

現在，我在鏡中裡脫下衣服的樣子，毫無疑問地就是個男人。就算穿著女性的內衣，實在是很醜陋，完全是一副男人的身體。

在輕輕地深呼吸之後，我迅速地把內衣脫下，讓自己變成全裸狀態。

接著拉出掛在衣架旁最角落的西裝。

套上內褲，穿上襪子，我的意識也跟著回歸到平時的自己。

而我平時的腦袋也開始思考起妻子的事。

身上現金夠支付醫院的費用嗎？如果要住院的話，沙代子的睡衣還有內衣之類的東西也必須要準備一下。還有拖鞋、毛巾等等，其他還有什麼需要的呢？

我巡視了房內一圈。

其中最顯眼的就是掛了五人份衣服的時尚衣架，上頭的衣服也在在顯露出各自獨特的個性。堆在牆角的鞋盒、掛著某人內衣的X型晒衣架、一些晒衣夾被放在大創買的竹籃內、大到誇張的高級衣物專用量販洗潔劑、某人捐出來的老舊熨斗、宜得利買來的新燙衣板、無數個捆起來的金屬衣架。

全是一堆跟衣服還有洗滌方面有關的東西。

穿在外頭的衣服我們都會拿出去送洗，只有內衣類的會在這裡洗，畢竟也不可能拿回自家洗。

再來是不知道從哪裡撿來的陳舊沙發，以及用來吃飯會過於低矮的桌子。水槽旁邊還放了一些樣式不一的外帶餐具。

這裡也有洗衣機和烘乾機，還有Coleman的保冷箱，只是沒有冰箱。

大家只會在這間房間裡換衣服，但是不會有人在這裡生活。

那些無法放在家裡或是帶去工作地方的衣服及化妝品都被保管在這裡。我們會在房間內換完衣服，再到外頭去轉轉，享受完幾個小時的女裝生活之後，再回到這裡。

大家的身體跟心靈都是男性。畢竟戀愛對象是女性，所以五人也都結了婚，還有人已經有孩子了。女裝對我們來說，就只是「穿著女性衣服上街」的興趣。

沒有生活感的室內，不管怎麼看也無法從視線內的物品，聯想到應該要帶去醫院的東西。

手機響了。

「我這裡是救護中心，剛才我們已經將常田沙代子小姐送至醫院了。醫院的地址是……」

太好了。

我把醫院名字記在手邊的紙上。救護員告訴了我離醫院最近的車站，以及大概的所在位置。幸好和電車在同一條路線上。

不知道還有沒有電車。雖然已經過了末班車的時間，不過全線列車都出現了大延遲。如果車次沒有被減班，全部都有開的話，現在這個時間或許還會有電車。我得快點才行。

我迅速地披上襯衫，穿上長褲，打上領帶，隨後拿起外套和包包。

來到玄關後，將茶色的低跟鞋收進箱子。

接著關掉電燈，來到了外頭。鎖門的時候，鑰匙倒是插得挺順。

總而言之，我必須快點前往車站。一名高個女裝男與我擦肩而過，他並不是我們的成員。這附近似乎還滿多我們這類的人。

當我來到剪票口時，頭頂上也正好傳來電車駛離的聲音。

電子顯示板在閃爍。

【末班車00：08】

現在時間來到十二點二十五分。已經沒車了嗎？還是說現在才要開來？就算延遲，上頭顯示的時間還是跟時刻表上的數字一樣，讓人完全摸不清頭緒。

我轉向站在剪票口附近的站務員問道。

「請問還有下行列車嗎？」

站務員看了我一眼，瞬間皺了一下眉頭。

「實在很不巧，下行的末班車剛剛發車了。」

我本來就不抱什麼期待。不過我一到計程車乘車處，還是不禁呆住了。人龍排得好長。雖然有看見一臺載著乘客的車子駛出圓環，卻沒有看見其他計程車。照這情況，也不知道何時才能搭得上計程車。

真的是諸事不順的一天。

如果只有回家要我等再久都沒關係，但是現在我只想盡快趕去醫院。

我跨出步伐。只要走一段路就能走到主幹道上，在那邊攔計程車吧。

一人獨自在家，察覺到腹部異常疼痛的沙代子，一開始是先打電話給我，沒想到我因為被困在電車裡，所以沒有注意到電話，她才會傳訊息來。好不容易當我注意到訊息跟來電，回撥電話給她時，她人已經在救護車上了。

雖然不知道那是怎樣的痛，但是一個人獨自忍受疼痛，一定會感到很不安吧。就連決定打電話給一一九時，肯定也是不安到了極點。而且救護車抵達之後，在尚未確定要送往哪個醫院時，還得忍受長時間的疼痛與不安。即使救護員說情況不至於危急性命，也不曉得醫生的診斷會怎麼說。

我想見見她，也想讓她看看我。

儘管跑在四線道上的計程車很多，卻沒見幾輛空車。

就在我思考著要不要移動去對向車道攔車？還是用手機叫車的時候，有輛計程車，運氣很好地停在我面前放人下車。

我就站在計程車敞開的車門旁，等待裡頭的客人付完錢。

也不知道對方是否沒料到有人在等自己，只見下車的客人一見到我就露出大吃一驚的表情。

「抱歉，因為我一直攔不到車，剛好妳停在這裡幫了我一個大忙。」

當我一說完，那名女性隨即轉為不再擔憂的表情，接著向我行了一個禮後，看都沒看我一眼地直接離去。

我也鑽進車內，告知司機醫院的名字。

「您看起來很著急呢。」司機透過後照鏡看著我說道。

「是啊，因為我太太被救護車送去了醫院。」

「那可不得了啊，包在我身上吧。」

車門一關，司機便踩緊油門朝醫院前進。

沙代子睡著了。

「等會醫生應該會來跟您說明，她的疼痛原因似乎是因為泌尿道結石，我們先幫她打了點滴止痛，所以現在睡著了，不過不久後就會醒了。」

護理師生硬地說完後，連忙快步離開房間。

我坐在床邊的圓凳上等待，就如那位護理師說的一樣，很快地沙代子的嘴脣就出現了動靜，看來她是醒了。

我上前湊近觀察起她的臉。沙代子一開始轉動了一下眼睛，露出這裡是哪裡的表情。沒過多久，她便注意到我，只是在這瞬間，她又睜大了眼睛。我還想著她是不是在盯著我的臉時，她便笑出聲道。

「什麼啦。」

「我還想說是誰呢，原來是你。」

「我聽說妳被送上了救護車，嚇了一跳，急急忙忙就趕來了。」

「你看起來確實嚇了好大一跳呢。」

在我回她「那是當然」的同時，沙代子也看著我的臉一直在忍笑。

「妳幹麼啊？是因為藥的關係嗎？」

「是你的關係啦。」

「什麼意思？」

「你是搭電車來的嗎？」

「我搭計程車來的，末班車的時間早就已經過了。我原本搭的電車因為有人意外掉落軌道所以延遲，害我被困在電車內，所以才不知道妳打電話給我。」

「幸好。」

「哪裡幸好了？搭計程車的地方可是擠了非常多人，要找到一部空車真的很難。」

「你電話有帶在身上嗎？」

「有啊，不過這裡是醫院，所以我是用飛航模式。」

「你自己看看吧。」

沙代子打開我的智慧型手機相機，安靜的病房內，響起了「喀嚓」的聲音。

唔……我瞬間感到絕望。在她遞來的畫面中，拍下的是臉上化了妝，身上穿著西裝的自己。

「那、那個——這是因為公司聚會的懲罰遊戲……」

「是嗎？你是繞去了K城鎮吧？」

「妳早就知道了？」

「嗯。」

「妳怎麼會知道？」

「我忘了是在什麼時候，你不是有用過我的電腦買了淨水器的濾芯嗎？」

那是去年年底的事。

「後來我看了同一家購物網站，發現旁邊的推薦商品中，有一些我沒有印象的東西，像是內衣跟鞋子之類的。這類推薦不是會因為你買過什麼東西才會跳出來嗎？我覺得有點奇怪，就看了一下購買紀錄，結果還真的買過這些東西。我實在是想不透，仔細一看才發現，是你登入帳號卻忘記登出。寄送地址是K城鎮的附近，所以我就知道了。」

「佐藤老家的房子。」

「對吧？那是我們以前經常聚在一起喝酒的地方吧？」

「對。」

「你和佐藤不是在園遊會扮過女裝嗎？」

「當時就是妳借了我們衣服，也因為這樣，我和妳才開始交往的。」

「那時候你們兩個看起來玩得很開心，不是還說了感覺會上癮嗎？」

「竟然在那麼久以前就露餡了嗎？」

「不過，我發現的時候還是滿受打擊的。」

「抱歉。」

「這確實不是一個可以和人家公然談論的興趣。但是對我來說，與那種脖子上掛著相機，每個星期六都跑去攝影，一點也不想和家人在一起的攝影狂相比，你已經好很多了。」

正當我想找各種藉口來解釋的同時，護理師便來了。

「常田小姐，大概再十分鐘左右，醫生就會來跟你們說明情況，再請你們稍候一會哦。」

護理站在有點距離的地方和我們出聲搭話，說完便隨即離去。

等到腳步聲逐漸遠去之後，沙代子接著又說。

「那個……沒想到你竟然會緊張成這樣地跑來找我，我其實滿開心的。」

看見她露出如此柔和的表情，應該是已經不痛了。不對、應該說，她是在為我這個經歷尷尬的人著想。

「我真的嚇了一跳，還好不是什麼嚴重的病。」

「醒來就看見自己的丈夫化著妝站在眼前，這也是滿嚇人的。」

「對不起。」

「在醫生來以前，我想你還是先卸個妝比較好呢。」
「我也是這麼想的。」
「這裡面的東西，你應該知道要使用哪個了吧？」
妻子說完便把枕頭旁的化妝包遞給了我。

第二話

斷點

電車突然在一個不是車站的地方停了下來。

車長的廣播響起，最後伴隨著小小聲的雜訊後便消失。

在這一天即將結束的電車裡，為了避免吸入從衣服和身上冒出來的他人體臭，人們做著最小限度的呼吸。只有在豎起耳朵聽廣播的那一瞬間，彼此屏住了呼吸，隨後又一起吐氣。

果然……拷問疲憊身軀的災難來襲。

電車在有別以往的地方開始減速時，男人就已經有不好的預感。如果電車晚到害得他來不及到下一站轉車，那他就必須走上五、六公里的路才能回家。不過有心想走的話，是可以走到的距離。列車抵達月臺後，從男人目前所在的車廂位置要前往剪票口，可說是非常不利。等到他走到站前的計程車乘車處時，一定也已經大排長龍了。

某次下大雪的時候，男人排了四十分鐘，隊伍卻幾乎沒有前進。現在就算不像當時那樣誇張，恐怕也是很快就會排上二、三十人，自己也就勢必要在那裡等待計程車吧。

如果要男人為了十分鐘的搭車距離，搞到自己心情焦躁地去排隊，那他寧願走路回家。他這麼決定。

「辛苦了。」

當片山隆離開辦公室，身後響起這句話的時候，開發部還有三個人留在裡頭。

「那麼我先回去了。」

離開發案的交期只剩兩個星期，但是不管怎麼看，至少都還要兩個月才能完成。

員工八人的小型ＩＴ公司。說是新創公司也只是好聽而已。設立三年，簡單來說就是小型企業。做為一個公司組織，卻沒有本錢能夠彌補被耽誤的計畫。

曾經是上市企業頂尖技術人才的社長，總是以八位和自己擁有同樣能力的人來估算交期與工期。一個默默無名的公司能招到的人才，包括他自己，實在是能力有限。這已經不是努力就可補足的範疇，計畫的工期從一開始就知道無法達成。

「這不是加油就能辦到的事。」

昨天下午，片山向社長反駁道。最近社長也和開發部一起加班趕工到深夜。撇除社長的員工平均年齡為三十一歲，社長是四十二歲。年紀最大的是從銀行退休，轉來管理部門的六十五歲管理部長，但他並不是正式員工。

「我知道。」

兩人在名為「**會議室**」的自助式咖啡廳，坐在對面的社長這麼說道。

「既然您知道，那就請您幫幫我們吧。」

「那你覺得我應該怎麼做？」

「這不是社長您應該去想的事嗎？」

「你說得沒錯，但我實在也是束手無策。」

他竟然就這樣承認了。片山想道。

「要是再多兩個人，應該就能將目前延遲的一個月交期縮短一些。」

「如果要僱用兩個人，至少需要一個月以上的時間。」

「為何您至今都沒有採取對策呢？」

「我是無法採取對策呀。我有試過，但實在是沒有辦法。獵頭公司的人也說了，景氣回升導致大企業也開始在搶有經驗的人才。Hello Work（註5）的窗口也是抱持著相同的意見。」

註5　Hello Work：日本政府所營運的職業介紹所。

他沒想到社長竟然落得在 Hello Work 上徵才。

「三個月前刊登的徵才廣告，應徵人數是零。你來應徵的時候，一個月都還有三人來應徵，我是最後才選了最優秀的你。」

這句話並不會讓片山覺得不舒服，被社長認同當然很高興。只是問題不在這裡。

社長是個誠實的人，不過同時也很會取悅他人，他總是用這樣的方式驅使員工工作。聽說他在客戶間的評價也很好，就連這次的計畫也是，明明他們的估價比其他競爭對手還要貴，但客戶還是選了他們。

「那薪水給高一點不就好了嗎？」

不知道是不是被社長稱讚得有些不自在，讓片山找話反駁花了點時間。

「現實還是有一點難度。就算待遇再追加個兩成，仍舊比不贏那些大企業。我也明白你的心情，畢竟大家都經歷過不景氣的時候。」

「不是有派遣的工程師嗎？」

「我是有面試啦。」

「不行嗎？」

「只有談話的時候很會說些專有名詞出來，稍微深入問個幾句，馬上就知道對方根本沒實力。最起碼也要有點能力，可以騙到我決定僱用他們嘛。」

「是這樣嗎？」

「不管是錄用有經驗者還是派遣人員，只要景氣一好，那些大企業就會立刻把菁英都撈走。」

所以意思是剩下的都是渣嗎？片山差點脫口而出，硬是把話給吞了回去。畢竟他剛剛才知道，就連這種渣滓都不願來應徵他們公司的正式員工。要是真說出口，感覺又更慘了。

「那就請您去跟客戶商量，讓我們的交期延後吧。如果什麼都不說，到時又來不及，也會對客人造成困擾的。」

「這也是其中一個問題。」

「那……」

「現在有兩個問題。其一是客戶那方的負責人被叫去參加董事會議，而他在會議上明確講出了時程，所以聽說其他部門也跟著動工了。」

只要利用慣了可能會被別人聽見內容的「**會議室**」後，就會逐漸習慣彼此不說出固有名詞的對話。

「既然這樣不是更該——」

「如果來不及的話，那名負責人就會被開除。搞不好還會危及到事業部長（註6）層級的人。」
「他們竟然把如此重要的計畫發給像我們這樣的公司。」
片山不小心說出了自虐的話。
「因為我們技術很優秀啊。」
明明是應該處在相同的情況，社長的言論卻是充滿著驕傲。
「如果來不及的話那也是一樣。只有完成才能看出我們技術的優秀性啊。」
「沒錯，所以我們一定要趕上交期。」
這個人天生就是個冒險型創業家，絕對不會回頭看。只是，就算現在知道了這些，也無法解決任何問題。
「所以我不是說了嗎，那是不可能的啊。」
「是說關於另一個問題我也可以說一下嗎？」
「啊、好的。」
「如果我們能按期交貨，那他們就得在兩個星期內完成驗收。」

註6　事業部長：其職位相當於事業群總經理、副總經理、協理、總監等。

所謂的驗收，指的就是顧客針對交出的系統，是否有按他們的規格呈現，做檢查及確認的工作。若是複雜一點的系統，光驗收就得花上好幾個月也不稀奇。

「是啊，我一開始在會議上看見計畫行程表出來的時候也嚇了一跳。不過客戶那方看起來好像很急，所以我就猜他們可能打算動用很多人力吧。」

「對吧？」

社長看著片山的表情。

「付款日是在驗收後的一個月。也就是說，如果有按照計畫，對方就會在二月中旬匯款過來。」

他知道這個訂單的總額。八千七百萬日圓。儘管這是片山第一次聽社長提及付款的事，但他仍舊無法理解，為何這會是「另一個問題」？

「雖然我覺得把這種事告訴員工不是很恰當。」

當社長說出這句話時，臉上也同時蒙上一層陰影。他是那種正向積極，就算暴風雨來襲，雨都打在臉上了，仍舊不會別開臉的人。

「但因為你是這個計畫的組長，所以我想讓你知道一下才說的。」

社長又在這裡頓了一會。

眼前的社長第一次面露了類似迷惘的表情，讓片山一陣困惑。他腦內的警鐘響起，覺得自己不應該再繼續聽下去。

然而，他卻怎樣也開不了口。

「你應該還記得，公司上次交出系統是在什麼時候吧？」

「夏天，七月的時候。我們還在戶外啤酒屋舉行了慶功宴。那天是梅雨季結束的隔天，大家笑說是有老天爺保佑，難得工作能準時結束，而且外頭天還很亮。沒想到話說得太早，馬上就遇上暴雨，一下子便全身溼透。後來為了等雨停，大家就決定去開卡拉ＯＫ包廂，還把包廂內的冷氣開到最強，直接穿著衣服讓它吹乾……」

「對對，那時大家不是還說，光是能在天還亮的時候離開公司，就覺得很開心嗎？就是那天。」

看著片山講得那麼開心，社長也露出了笑容。

不停加班最後好不容易完成的專案、準時下班、用著長期睡眠不足的腦袋喝著天色還早的啤酒、烤雞肉串的味道、微醺的耳邊傳來的遠方雷聲、急速驟降的氣溫、充滿溼氣的空氣，以及——突然的雷鳴、大滴的雨水，還有從日常當中得到的解脫。

儘管遇上暴雨，也是一個美好的回憶。

一邊做著漸入佳境就會需要徹夜趕工的工作，一邊說著：「我們公司真的是黑心企業呢。」的這類自虐式閒聊，就是片山的一般日常。

交出系統的解脫感又更不一樣了。看著厚厚一疊的最後功能說明書和檢查說明書，透過雷射印刷吐在出紙托盤上，片山才能深切感受到自己終於登頂的感覺。就是因為有這層解脫感，他才能繼續從事工程師這個職業。

「只要想起生出結果的那段痛苦過程，就會覺得這區區的暴雨，反倒讓心情暢快了許多呢。」

他知道自己在社長眼中看起來非常可靠。

不管是工作的成果，還是大家一起辛苦完成工作的團結感，對片山來說，都是甜美的東西。

「在那之後也差不多過了半年了吧？」

「是呀。」

「在這半年裡，我們沒有交出其他新系統。畢竟之前的案子一結束就接著投入這次專案，公司大部分的人都提前開跑了。」

社長在此時探出身體，壓低音量道。

「也就是說，我們的收入只有顧客的系統使用保養費，九月之後就沒有其他大筆收入了。」

「我不懂您的意思。」

「我可是很信任你的。將來公司壯大的時候，你一定是那個能幫我扛下重要業務的人，所以我才決定把公司營運方面的事情告訴你。」

直覺告訴片山，那不會是什麼好事。但是他也無法拒絕社長，讓他不要說。

「如果沒有如期交出系統的話，公司就付不出二月的薪資了。」

店內的背景音樂遠去。

就像在泳池內，水進到耳朵那樣，所有的聲音隨之遠去，取而代之的是腦內響起了類似「鏘」的聲音。片山拚命地眨眼，試圖將這感覺驅趕出去。

社長直直地盯著片山。

在確認完片山反應後，他像是心中早有預料，隨即露出一臉抱歉的表情。

「所以您希望我怎麼做呢？我只要說沒有薪水也沒關係就好了嗎？」

「不是的，當然我也沒有打算那樣做。我只是想要你一起了解一下情況。」

一起了解情況。這次換片山閉上嘴巴，沉默不語。他完全不知道該如何是好。

「對不起。我果然還是不應該講的，這樣對你很抱歉。這很明顯地是身為社長的我應該要處理的問題，忘記我剛才說的話吧。」

社長低下頭。他自己講出了片山原本想回覆他的話。這讓片山越來越難把話繼續接下去。

忘記我剛才說的話。就算被如此要求，他也無法把聽到的事情選擇性消去。

「不管怎樣，想要按交期完成開發是絕對不可能的。還是請您再想想其他對策吧。」

片山花了一點時間，好不容易才擺出強硬的態度回道。

薪水晚發也沒有關係。他差點就要這麼說出口了。開什麼玩笑，自己的生活又不是過得很寬裕。他想起了存摺的金額，還有要繳交的信用卡錢。薪水晚發絕對會讓人困擾。

片山腦中浮現出組員們的臉。

佐藤是新婚七個月，太太的肚子裡還有一個小孩。單身的相田好像花了三十萬日圓買了 Gibson 的吉他，每個月都要支付分期付款的費用，所以最近都是帶便當來吃。就算中午可以靠便當來解決，但要是待在公司太晚，就會產生晚餐的費用。不知道是誰曾經這麼嘟囔著——如果吃牛肉蓋飯至少也要配個沙拉吃，所以我就去買了一顆番茄，直接在上面灑鹽巴吃。

「因為這樣CP值比較高。」

從那之後，開發部就開始流行直接生吃番茄或是小黃瓜。

「那我出鹽巴吧！」實在看不下去的片山便從網站訂購了有牌子的鹽巴，寄到公司當作備品。島田麻里也用小瓶子裝了一個要價一千五日圓的橄欖油，以及雖然沒問價格，但看起來很貴的巴薩米克醋帶來公司。還有擁有特別香氣，據說是波納佩島出產的上等黑胡椒，其中還包括研磨黑胡椒的機器。聽說如果用百圓商店的刀子切東西，味道就會跑掉，所以不知不覺切番茄的刀子也變成了德國雙人牌。儘管主食是牛肉蓋飯或是便利商店的便當，唯有沙拉變成了高級品。

真是優秀的團隊。

做為技術人員的能力雖然參差不齊，不過大家都是樂觀進取的人，不會逃離眼前的困境。長期待在封閉的勞動環境下，他們會享受小事帶來的快樂，藉以度過危機。反過來說，能和如此棒的同伴一起共事，可說是一件幸福的事情。

就在片山左思右想的同時，社長也一直在窺探他的表情。

「我不會把資金周轉的擔憂，告訴開發部的大家的。」

「嗯，那樣最好。我不應該跟你說的，把它說出來都是我的不對。」

「好的，我會把它藏在心底。」

只見社長緩緩地呼了一口氣，那是他最近難得一見的安穩表情。忘了是什麼時候的事？那張臉讓片山想起某位即將退休的相撲力士，在接受斷髮儀式的採訪時，表情從緊張轉為解脫的樣子，和先前完全判若兩人。剛才的那一番話，社長一直很想找人訴說，而自己就是那位被選中的傾訴對象。

「大家都已經累到極限了吧？」

之後社長便向片山一一確認了組員們的健康狀況。令人訝異的是，社長的洞察力和總是待在最前線的片山幾乎一致，確實掌握著開發部每位組員的狀況。

片山越是確認越是重新了解到，組員們的奮鬥精神。

由於經常不在家中，要洗的衣物堆了一堆，難得的休假也都在洗衣中度過。若是下雨，洗完的衣服就會溼掉等於白洗，所以大夥兒都會先用家裡的洗衣機洗過，之後再拿去附近的投幣式自助洗衣店，坐在那裡的圓板凳上等待衣服烘乾，度過假日。

島田麻里曾經說過，對於尚未習慣的人來說，在烘乾結束以前是沒有勇氣離開那裡的。看來身為男人的自己都不太願意了，更何況是年輕女性。

單身者就不必說了，有太太的人也是雙方都有工作，回到家之後也沒有力氣自己煮飯。有的人會去附有沙拉吧吃到飽的牛排館，大口吃上好幾盤菜；有的人則是去迴轉壽司，拿那些平常不太會點的，如海膽、鮭魚卵、大腹鮪魚等高價的壽司，來幫自己的人生打個氣。儘管如此，飲食均衡還是得注意，所以會在回程路途買個瓶裝蔬菜汁。

片山和社長一邊說著，一邊越發感到無力。

他原本找社長似乎是打算狠狠地發洩一下自己的怒火，現在卻在一間一杯咖啡兩百日圓的咖啡廳裡，坐在離其他客人有段距離的角落座位，兩人小聲地進行著會議。

株式會社 Smash Systems。

公司名稱叫做扣殺出去，現在正陷入沒有出口的窘境。

片山的本意似乎是想請社長提出一個解決對策，沒想到反倒被告知公司現正面臨著嚴峻的現實。雖然他很想懇求社長想想辦法，但眼前的社長是個非常為員工著想的人，越談下去就越覺得目前局勢實在難以突破，還得知了不想知道的事實，理解了不想理解的現狀。

他也不知道該怎麼辦才好。

「我想到一個好辦法了。」

社長露出一個笑容。

「後天，星期三。就讓開發部的大家都放假吧。」

「呃？」

片山覺得自己聽錯了。

「我會以上司的命令要他們休息。明天開始應該是沒有辦法吧？那就今天開始還有明天都以此為前提，至於要將工作完成到哪裡，就交由你來判斷，讓你來帶頭下指令。」

「但是……」

「你不是說了，剩下兩週絕對無法完成，至少還要兩個月嗎？」

「我確實是這麼說了……」

「照這樣下去，我也不認為兩個月後大家的身心狀況都還撐得下去。就算現在休息一天也只會影響一天。若是以兩個月裡的其中一天來看，那就連百分之二都不到，算是在誤差範圍內吧？」

「但是每一天的累積可是很重要的。」

「你聽我說，片山。」

「是。」

「那句是社長的臺詞。你是現場的負責人吧？你應該要多關心的是你底下的人。」

「我有關心他們，所以今天才會來這……」

「我知道。」

社長露出溫和的微笑。他一邊笑著一邊看著片山。見到這樣的笑容，片山也逐漸失去了幹勁。因為他知道自己的臉部肌肉鬆開了。接著他又試著聳了聳肩，當肩頭一放下，心情也跟著輕鬆許多。

社長只用眼神說道：「懂了吧？」

回到辦公室的片山，立刻將部門組員都召集起來。

由於一人熬夜到早上的權藤上午就先回去了，所以在場的人包括片山自己，總共有五個人。

「社長命令開發部後天休息。」

「那是什麼意思？」

「我們明明那麼努力，就是為了減縮交期延後的天數，哪怕只是一天耶。」

「您覺得我們是為了什麼昨天也熬夜啊？」

震驚和不滿的聲音七嘴八舌地傳了開來。

「距離完成時間還需要兩個月，以現在的步調根本無法繼續吧？」

聽見片山這麼說道，眾人也跟著安靜下來。

大家都有相同的感受，不只是自己，同事之間彼此都很了解。

如果在廁所咳個一聲，回到座位就會有人詢問：「你還好嗎？」不管是皮膚的彈性、眼睛周遭的黑眼圈還是一頭的亂髮。大家都有在關注彼此的狀況。同樣的，也很在乎此刻的自己看起來如何。若是感覺自己累到不禁想脫口說出「真的好累啊」的時候，待在廁所盯著鏡中自己的時間也會跟著變長。

我的臉頰有沒有鬆弛？人有沒有駝背呢？

就這麼靜靜地注視著鏡中的自己。

在社長的提案下，上個星期廁所的螢光燈由藍白光換成了暖黃光。

據說是連社長也被自己的疲憊神情嚇到了。

「總而言之，明天開發部的工作就是休息，知道了嗎？」

儘管臉上的表情看似無法接受，大家還是點了點頭。

再怎麼說，組員們在醒著的時間，幾乎都是一起度過的。正常來說，就算是跟家人，也很難長時間待在同一個房間裡。

長時間待在公司變成一件理所當然的事。大概對任何一個組員來說，沒有一個是「不願還要強迫自己」做的吧。不過話雖如此，也正因為大家心裡都覺得總有一天會結束，這工作才做得下去。恐怕沒有任何一人會認為，現在的狀態繼續維持是件好事。

「今天這個會議，我們要先決定斷點。」

所謂的斷點，指的是在軟體開發過程中，為了除錯而故意將運作中的程式暫停的地方。在斷點處可以比較容易調查外面顯露不出的內部變數，或是程式是否有正常運作等。

「也因為碰上休假，所以今天就麻煩你們找出容易停止與重新開始的段落。然後明天就工作到斷點為止，自己的負責範圍有達到目標者，就直接切換工作任務，轉去休息。」

由於斷點這個詞彙，非常符合後天休息一天以及思考段落應該要放在哪裡，所以光靠這一句話，開發部的所有人就理解了自己應該要做的事。

組員的表情突然變得明朗了起來。

眼前有一個可能實現的目標，只要達成那個目標，就有一個預料之外的假日在等著自己。

「那明天就好好努力吧。」

太好了！了解。交給我吧。明白了！

大家各自開著玩笑，回到了自己的電腦前。

由於組員前往會議室集合時的倦怠腳步，與回去自己座位時的輕快步伐實在是差很多，讓片山看了也忍不住笑意。彷彿有人在室內使用了魔法噴霧一樣，大家都恢復了精神。

當天晚上也有組員睡在公司，片山也是當中的一員。

過了一夜之後，住在公司組的其中一人——重滿，在早上十一點前便回去了。

「我的進度順利做到斷點了，那我就先去休息放假了。」

很好，這樣就好了。

片山睜開睡眼惺忪的眼睛，目送信賴的下屬背影離去。

「我竟然被志茂先生追過了。」

隨後跟著進辦公室的是錯開上班時段的相田。

「那就趁今天還沒結束前，趕緊處理工作吧。」

他一如既往地獨自走去沖咖啡，接著拿著湯匙一邊攪著一邊走回座位。

片山的腦袋一直保持清醒。

至少他自己是這麼覺得。耳朵就好像逐漸遠去一般，周遭的談話聲和窗外的噪音也不擾人了。

他更新了每天都在變動的規格書，途中發現了幾個運作上的矛盾點，便記下規格變更的訊息，傳給負責公司網路的窗口，順便將改版後的設計規格書檔案上傳。

先不論是從哪傳來的，片山有時會聽到自言自語般的竊竊私語。

雖然大家都不予理會，不過有時也會有人去回應。不過即使做出了反應，大家的臉都還是這樣緊盯著眼前的電腦畫面。

在開發作業中，絕大部分都是著重在修正及改善的動作。只要決定好系統的規格，資料就會自動轉變成程式代碼，跑出各式各樣的變數表。這些作業雖然機械做不到，但對人類來說，機械性的作業比重還比較多。在這一部分必須繃緊神經不可出差錯，在真正重要的地方要發揮最大的集中力。

佐藤一個小時前就一直戴著耳機。

很好，哎唷不對。是這吧。

他的自言自語與手指輕快敲打鍵盤的聲音重疊在一起。

只要身處在這個房間，就能知道現在這個瞬間，誰在「佳境」，而誰又是在「待機狀態」。

不強烈的共感，曖昧的連帶意識。

不管是哪一個工作任務，完成的時候只有寫程式的人自己知道。不過這麼重要的部分，不用多少時間，就會被拿到公司內部的開發系統上做檢測、共享。絕大部分的情況是，大家處在同一個房間，或者就算出勤時間不同沒有即時在場，仍舊不用特別交談，就可以知道彼此的工作進度。這個為了開發而生的系統，正是公司在技術上所擁有的優勢。

今天的對話特別少。

為了到達今天的終點，大家都拿出了幹勁在努力。

身為開發部主管的片山，負責整理整體所需文件。現在空白的部分，只要等到各自負責的組員完成今天的工作，應該就能利用線上作業將它補齊。

「很好，今天的框架已經準備好了。」

片山吐出一句不知是在告知，還是在自言自語的話。

「片山先生就快可以放假了呢。」

島田麻里瞥了一眼片山說道。

「完成了！」

沉默寡言的權藤難得這麼大聲說話。

「很好，那就好好去休息吧！」

要不要去借組ＤＶＤ來看？假日就讓眼睛好好放鬆一下吧。

片山一邊回應權藤，一邊把他送了出去。

突然感到一陣疲憊感的片山便站起身，從房間角落的冰箱中，拿出蔬菜汁倒入杯中。

快煮壺的旁邊擺有一箱十瓶裝的營養飲料，那是社長買給大家的。已經有兩瓶被人喝掉了。片山本來想要伸手拿取，隨後又打消了這個念頭。

今天累下去也沒有關係。

累下去也好。

對於腦中浮現的話語，片山只覺得滑稽。人只要一工作就會累。以身心來說，這明明是不變的天理，他卻總是要讓自己維持在不累的狀態，而自己也已經習慣這樣的思考模式。

這是一件多麼奇怪的事啊，他心想。

其實這不光是為了自身，也是為了不讓下屬們看見自己的疲憊，所以片山在心中一直叮囑自己。

只是有時候辦得到，有時候辦不到。

啊啊，好累。

他能感受到疲憊。光是可以不用鼓舞疲憊的自己，便為心靈帶來了多少安慰呢？

一直到此刻為止，在全部人都抵達斷點為止，片山是打算獨自一人留在辦公室的。不過現在他決定要回家了。

他應該率先用態度表示的，並不是在公司待到很晚，而是將工作告一個段落，離開公司。

「還剩下多少？」

片山用著所有人都聽得到的音量詢問。那聲音大到就連戴著耳機的佐藤也聽得見。

「還差一點。」

相田說道。

「你說還差一點我不會知道，報告的時候請給我確切回覆。」

「也是，大概還要兩個小時左右吧。」

「結果還是要到隔天啊。」

「真可惜。」

「島田呢？」

「我也是要兩個小時。」

「我這裡大概是三十分鐘再多一點吧？」

佐藤說道。

「那麼，凌晨一點過後，所有人都能進入休息日了。雖然比預定時間晚了一小時，不過還在誤差範圍內，做得很好，非常好！」

三人面向片山的表情都很明朗。

「大家好好努力，那我就先回去了。」

片山自認自己離開辦公室時還很有精神。

在搭上人潮擁擠的下行電車後不久，他突然開始感到疲憊。

接著又屋漏偏逢連夜雨地遇上臨時停車，現在就這麼僵在這，也沒有得到何時會再發車的通知，只能抓著吊環懸掛在那邊。

胸前抱著的背包太礙事，害他全身動彈不得。

片山把積在公司裡所有要洗的衣物都塞進了包包裡，幸好不是西裝。他的西裝放在公司，為了會客或是去見客戶的時候可以穿。

外套和襯衫也只會帶在身上往返洗衣店和公司之間，不會帶回去家裡。

一般來說，不管是上班、回家還是工作，他都是穿著舒適的衣服。畢竟待在公司的時間比家裡還長，如果不這樣根本就做不下去。

「然後啊，現在電車停下來啦。」

在片山看不見的地方，有個女人正在講電話。關西腔的節奏讓他的心也得到了救贖。

「我又不會在這裡就這麼死掉。是啦，就像壽司組合那樣啊。如果再繼續擠下去，我很快就會變成箱壽司（註7）了啦。」

片山聽見某處傳來竊笑的聲音。

「對啊，真的。如果在這電車裡做出箱壽司，那就會是世界上最大的箱壽司了耶。應該會登上金氏世界紀錄吧？這樣我們就是世界第一耶。如果這樣也可以成為世界第一，真的很厲害吧。」

別處傳來某個男人咳嗽的聲音。

「啊，抱歉我先掛了。旁邊的人會困擾啦。」

不要掛掉繼續啊，那樣比較可以轉移注意力。片山當然是沒有勇氣說出來。

註7　箱壽司：源自大阪，在關西地區相當受歡迎的日本傳統壽司。製作方法是將米飯及生魚片放進長型的小木箱中，在稍微施壓後，用刀將之切成麻將般大小的方塊，再供給客人享用。

就算不是這樣，如果那個女人繼續講電話，那名咳嗽的男人大概會發火，屆時車內或許又會變得更加殺氣騰騰。

有好長一段時間，擁擠的車廂內，一直都是處在安靜的狀態。大家應該都滿想解解悶的，真不懂那種阻止別人開心談話的人，心裡到底在想些什麼。那些沒有寬容心的人，並不覺得這世上多一人幸福會比較好，要是凡事無法如己所願，那就絕不允許他人過得比自己還好。

糟糕。片山發現自己變得有些帶刺。啊，果然是真的累了。他這份自覺也跟著回來了。

真是的。

不可能趕得上的專案還擺在眼前。

在和社長提出意見後的那兩天，不管是自己還是下屬都恢復了精神，甚至連疲勞感都忘了。

但是在離開公司後，獨自一人的此刻，疑問又再度死灰復燃。

雖然休了一天假，但情況還是沒有任何改善不是嗎？交期逐步逼近，預定完成日依舊是在兩個月後。明明是如此，這兩天的大家卻是幹勁滿滿，彷彿被施了魔法一樣。

只要魔法一解除，大家曾經坐過的那輛金碧輝煌的交通工具，又會變回一輛普通的南瓜馬車。其實冷靜思考的話就是這麼一回事。不過這兩天以來，大家確實振作了不少，工作也的確有進展，能感覺到團隊間的組員彼此互相照應、互相信賴。

這樣很不錯。雖然不錯但問題仍舊沒有解決。

別再想了。不管是自己還是組員們，大家都已經完成了自己的工作任務。

【抱歉讓各位旅客久等了，本列車即將重新發車。】

剩下的只有社長的任務了。

隨著小小的震動，片山也將身體交予車廂，隨其開始移動。

當他好不容易抵達要換車的車站時，轉乘的末班車果然也已經跑了。

片山被爭先恐後的大片人群一一超過，隨後走出了剪票口。

計程車乘車處的隊伍，一直延伸到末班車早已開走，連燈都已經關掉的巴士乘車處。

他看了看毫無用處的手錶。

凌晨十二點二十五分。已經進入了「社長命令的假日」了。

他收到了一封郵件。佐藤已經達到預定進度，完成工作回家了。

看來島田和相田還在工作中。

他打開APP，確認走路回家的路線。五點二公里，所需時間一小時十分。運動鞋配上工作褲，上半身是飛行外套。所幸有這身看不出來是上班族的服裝，讓他很適合徒步。

「那就走吧。」

他一人出聲說道。在一個短短的深呼吸之後，隨即邁開了步伐。

幸好沒有很冷。手臂只要稍微擺動得大一些，腳步自然也就大步了起來。他能感受到自己的身體正在動。車站前的商店街店家幾乎都已經關門了。

影像出租店、紅燈籠居酒屋，有種從有人煙的地方跳到另一個地方的感覺。等到周遭的店家一消失，迎上臉頰的空氣也變得越來越冷。

片山來到車流量多的馬路上，往來的行人反倒不見了。

他默默地走著。這段時間都忘了自己是要回家，不知不覺目的變得只剩走路。

他發現有一個地方燈火通明。

與他隔了一段距離的人行道，在燈光的照耀下顯得明亮。隨著他的接近，腳下的道路也越來越亮。

片山佇立在一面巨大玻璃窗前，裡頭就如白天一般光亮。

看似沒人的拳擊館裡，有一個男人正面向著沙包。他拱起的背部因汗水而閃閃發亮，短髮也是溼漉漉的。男人夾緊雙臂，將手套架在下顎，朝著眼前的巨大沙包猛烈地出拳。

一個輪廓模糊的物體吊在半空，緩緩地搖來晃去。

男人有時會將身體壓低，一下繞到右邊，一下又繞到左邊，接著左右連續出拳。物體在打者的出拳下會飛個數公分遠，之後再笨重地回到原位——超過，最後朝著出拳的人而去。男人用左直拳將它擋下。

這裡沒有其他人。

在一片寂靜的拳擊館中，只有那個地方有動靜。男人的背上反射著油亮的汗水，他看都不看片山一眼，一個勁地對著遲鈍笨重的圓筒形物體，不停連連出拳。

面對天花板垂吊而下的沙包，男人像是賦予了它人格意識。

男人躲開「他」的攻擊，繞至「他」的身側，接著又向後退，與逐步靠近自己的「他」保持距離，然後再轉到另一頭，一邊連擊一邊向前跨步。

片山一直站在旁邊看著那個男人。不知不覺間，連他也覺得，與男人對峙的沙包，看起來就像是一個真人。

沒錯，繞到右邊去。

逼近他！

往他上半身攻擊！

片山並沒有打過拳擊，也不是那種會看電視的熱衷粉絲。他只有小時候，跟父親拿過棒球手套充當拳擊手套玩過。父親也沒有經驗，他應該只是在和自己差不多大的時候，看過一部描述主角從少年感化院出來，後來成為了一名拳擊手的漫畫。

「你也想試試看嗎？」

身後突然有人向他搭話。

片山轉過身，發現背後站著一名身穿運動夾克的男人。他那任其生長的鬍子裡，還參雜了幾根白毛。

「真抱歉，站在一旁偷看。我是剛好經過所以有點好奇。」

「後天就是那傢伙的首次出賽。」

這個男人是這間拳擊館的館長嗎？

他的身材很結實。年齡看不太出來，不過臉上的皺紋很明顯。雖然眼神銳利，眼珠子卻像小狗般清澈。

「我突然跟你搭話是不是嚇著你了？我剛剛才出來的，想說來外面打掃一下。」

他將手中的掃把跟畚箕稍微舉起。

「您在這種時間還打掃嗎？」

「因為我猜那傢伙應該會想自己獨處吧。不過說真的，要我一直待在裡頭，我也是靜不下來啊。」

當他從嘴巴吐出溫柔字句時，人的表情也跟著變得溫柔。

「如何？你也要試試看嗎？」

這句邀請的話，片山想都沒想過。

在男人還沒開口詢問前，片山並未發現，原來他不自覺地羨慕起與沙包對峙的男人，甚至自己都沒意識到這件事。

「我不是在勸你加入會員，也沒有要跟你收錢，只是覺得你可以流汗運動一下。我看你的臉色不太好，但又不像是生病，應該是平常沒有在運動的關係吧？」

「是啊，被您說中了。」

片山要麼是睡在公司，要麼是到家後累得癱倒在床上，洗澡也只有沖澡而已。他根本沒有做任何一件能夠促進身體血液循環的事。

「擦汗的毛巾我可以借你。這裡也沒有其他人，所以你衣服應該穿一件內褲就可以了吧？」

「不，換洗衣物的話我有。」

片山握著裝有換洗衣物背包的背帶回道。

片山推開油漆斑剝的大門，走進對方招呼的拳擊館內，裡頭有學校體育館的味道。

有多少人抱持著各自的想法，在這裡揮灑過汗水呢？他甚至覺得，汗水的臭味反倒使這地方變得神聖了起來。

在外頭聽不見的少年拳擊聲，以及鞋子每走一步擦在地板上的聲音，和空調的聲音一起，迴響在空無一人的大廳間。

那名少年看來一點也不介意片山的出現。

機械跟器材全都被收拾得很乾淨。反而布告欄有點雜亂，一條條注意事項，看起來就像是後來新加的。不同的行間，彩色筆的粗細及新舊的狀態都不一樣。

「如果出事會很麻煩的，所以首先是這個。」

館長拿出來一個看似被使用得有點陳舊的血壓計。

「舒張壓一百二十五，收縮壓八十八。合格。」

以平常低血壓的片山來說，這是個滿高的數值。他果然還是有感到壓力。

「你只要記得這個。」館長只有告訴片山，要怎麼握拳才不會受傷。接著留下一句「其他愛怎麼樣都隨便你」之後便離開。

不過他忘了詢問換衣服的地方在哪裡，便最後決定在原地換了，反正這裡也沒有其他人在。

他從塞進包包裡的換洗衣物之中，拉出一條皺巴巴的吸汗棉褲換上。套上的T恤有著跟自己身上一樣的——辦公室味道。

還有兩名組員留在辦公室裡。片山抑制想要打電話詢問狀況的衝動，因為他已經開始放假了。

他試著先站在沙包前，沙包比想像中還大。他嘗試用拳頭推了一把，沙包又沉甸甸地返回原處。看來用孱弱的拳頭用力揍這傢伙的話，手指確實會受傷。

片山伸展手臂，確認一下距離。接著夾緊雙臂，又一次輕輕出拳。拳頭傳來的小小衝擊讓人感覺很爽快。

他能感覺到自己的身體鬆懈下來，臉部表情也沒那麼僵硬了。

片山在腦內打響比賽響鈴，接著他就照自己的方式出拳，每每出拳都能感到心情舒暢的衝擊。

咻、咻、一二——

咻、咻、一二——

只要重複一整套動作，彷彿自己真的成為了一個拳擊手。

片山用自己的方式出拳，反作用力讓身體也承受了輕微的波動。就是這個，沙包就像個真人一樣回擊而來。

上鉤拳的錯位讓片山幾乎揮了個空拳，整個人也向後傾倒，如果此時再吃到對手的追擊，一定就被ＫＯ了。

片山試著採取自我流的防禦姿勢。

他嘗試蹲下，躲開了想像出來的敵方攻擊。接著抓住空隙，使出擺拳……他原是這麼打算的，但揮拳落空。

他邊呼吸邊調回姿勢。

沒錯，蹲下去的時候臉不可以朝下，他必須要隨時讓對方保持在自己的視野範圍內。

一定是這樣沒錯。如果對方從看不到的地方出拳攻擊，自己一定會被一拳解決。

片山的頭配合著上半身一起向右閃、左閃。假想的一拳從他的肩膀上空飛過，還能感受到耳邊的風。

咻、咻、一二——

左上鉤拳，這次就中了。

緊接著右鉤拳，打中一半。

他盡量不打直拳，如果體重加成上去，感覺手指會斷。

手臂也越來越沉重。

好喘。不知道應該在什麼時機點上呼吸，胸口隱隱作痛。

隨後他便失去注意力，開始不停地胡亂揮拳。

咻……呼呼……好痛苦。

他停了下來，站挺身體，上氣不接下氣的。

沙包在距離手臂稍遠的地方，隱隱約約晃搖著，像是在嘲笑他的心跳般。

「三分二秒。你直覺不錯。」

館長不知何時站在片山後面。

「呼……那、那是什、什麼意思？」

他呼吸紊亂到無法好好說話。

「一回合結束。」

「啊，原來如此。三分鐘啊。打一回合原來這麼辛苦啊。」

「你手借我一下。」

館長把片山的手拉過去，眼睛看向掛在牆上的時鐘。

「脈搏一百九十二，難怪你會那麼難受。」

片山只顧著呼吸完全無法回話。

「第二回合的響鈴差不多要響了喔。」

如何？館長詢問的目光帶著笑意。

「不行了。我ＴＫＯ（註8）了。」

片山搖搖頭，接著從背包中拿出毛巾，擦拭臉上的汗水。不管他怎麼擦，汗水還是不停地冒出。

館長遞了一個裡頭裝有水的紙杯過來。通過喉嚨的水，感覺一下子就被身體吸收進去。

等到呼吸平穩之後，片山又聽見房間的另一側，傳來拳擊少年的出拳聲和鞋子發出來的聲音。他到底打了幾回合呢？

「感覺怎麼樣？」

註8　ＴＫＯ：拳擊術語之一。Technical Knockout，縮寫為ＴＫＯ或Ｔ．Ｋ．Ｏ．意指裁判判定該名選手無法再繼續比賽，抑或選手本身、選手教練決定放棄比賽。

「呼——真的很好玩。我明明只打了三分鐘，在這期間也沒想別的，就只是看著眼前的沙包，假想它是我的對手，不知不覺便開始意識到自己身體的輪廓。當我發現到的時候，自己正在用公釐為單位去感知距離，我從來沒有這樣的體驗。而且我在這三分鐘內，逐漸崩潰這點也很不得了……」

「你才第一次打就能這樣分析自己，不錯哦。」

「因為我的工作剛好處在最辛苦的時刻，每天都在算自己離臨界點還有多少精力，畢竟我工作還得快點做完。不過話是這麼說，要是我倒下了，工作也會整個停擺。」

「聽起來和運動員很像呢。你是做什麼的？」

「我是一個工程師，電腦相關的。」

「啊，所以你才會分析嘛，真辛苦。必須要控管自己的體力跟精力。」

「我完全沉浸在裡頭，都忘了時間了。」

「是啊，三分鐘是很長的。在這之間，所有事都有可能發生。搞不好下個瞬間，自己就背貼地板看著天花板的燈光。」

「我的注意力很自然就集中起來，根本沒去思考時間的長短。」

「你不覺得這個沙包啊，即使長得像根柱子，只要把它當作對手來看，完全就是一個人嗎？」

「只要開始打了，就會想這樣永遠打下去，雖然我也很快就累癱了。」

「你是贏不了它的，它有無限的精力。」

確實如此。

「拳擊跟人生不同，一回合就只有三分鐘。儘管如此也是很長了。不過只要不倒下，就能等到響鈴響起，所以拳擊手會用身體去牢記這三分鐘的長度。像是自己的狀態如何，對方的狀況又如何，還剩下多少時間這類情況。並不是有勇無謀地胡亂揮拳就能贏，有時也會有事事不如意的時候，或是被敵方連連攻擊陷入危機的時候。在束手無策時，首要考慮的就只有不被打倒，等到響鈴響起那一刻。」

只要站著不倒，響鈴終會響起。

很有名言的感覺，至少對於現在的自己來說。

「你現在的表情很棒呢。剛才的臉就像是死了一樣，所以我才試著出聲和你搭話的。」

就算不照鏡子，片山也知道自己此刻的表情。

他換回原本的衣服，向館長道謝之後，離開了拳擊館。

沒走幾步，手機的訊息聲響起，是相田傳來的。

〔我順利到達斷點了，現在開始放假。島田麻里小姐也和我一起。〕

〔了解。這是艱難的一仗，感謝你們。好好休息吧，也幫我向島田說一聲。〕

太好了。片山由衷地鬆了一口氣。

回想起來，真是驚濤駭浪般的兩天。明明什麼都沒有解決，人卻感到很放鬆。這樣就好了。他的心這麼告訴他。已經好幾個月，心情沒有如此地平靜，他要好好珍惜此刻。

不知不覺間，腳下跨出的步伐也變大了。

還要一會才能到家。回去之後就喝杯啤酒，然後直接倒臥在床上吧。他用手機確認了一下天氣預報。一整排晴天的圖示。看來可以久違地去外頭晒衣服了。

又來了一封訊息。是島田麻里。

〔剛才相田先生向我求婚了，我也答應他了。我想找您當我們的證婚人，希望您可以答應，這也是出自我們兩個人的意思。婚禮的日期還沒有確定，總之會在這次專案結束之後。〕

真訝異。

被兩人擺了一道。

片山的臉上浮現出笑意。

原本以為自己很了解組員的事。說起來，他確實只擔心健康，戀愛關係的部分根本就沒有留心。這麼說來，他們兩人好像滿常晚上一起留下來加班。

這次工作結束後，慶功宴的主角就會是他們吧？

沒想到會在自己結婚以前，會被迫充當下屬的證婚人啊。

不過，總而言之，也算是個不錯的假日。

雖然天還沒亮，不過現在才正要開始。

第三話

運動

平時在廁所換內衣的時候，只要外頭有人聲就會讓人格外焦慮。不過因為我知道那是誰的聲音，所以衣服才穿到一半，耳朵的注意力便不覺轉向外頭的對話。

「和美，妳連休要去哪裡？」

我單手捏著脫下來的內褲，維持坐在馬桶上的姿勢，接著將袋子的新內褲拿出來。我盡可能地將「**出口**」拉到最大，小心翼翼地避免鞋子碰到內褲，一邊一腳地穿上它。這姿勢實在是無法讓人看見。

「我還沒決定，去哪都好。」

廁所外頭是日常光景。我稍微站起身，終於成功地把內褲穿在赤裸的下半身上。

「真羨慕和美，因為妳有男友嘛。」

手中剛脫下來的內褲，比先前放在裡頭的稍微寬大了些，所以袋子裡呈現鼓起來的狀態。我將它放在腿上，從塑膠袋的外頭向內擠壓。總覺得自己的分身所散發出來的氣味從袋口飄了出來，一人默默臉紅。

「嗯，也是啦。不過我們最近處得不是很好。」

我發現自己屏住了呼吸，便將嘴巴張大，盡量緩和地吐出氣息。有股淡淡的人工氣味流進我的肺部。最早想出打開廁所門就會自動噴灑消臭噴霧的人，是男性還是女性呢？

每當我換掉內褲，就會覺得自己正在做有點「不好的事」。

但不管怎樣，我總不能在更衣室裡讓人看見我在換內褲。人家也會好奇，我接下來這幾個小時是要做什麼？而且在其他人眼裡看來未免也太暴露，會給人添麻煩的。

「妳又再說這種話了。」「我打算跟他分手。」「咦？為什麼～？」「是說妳不覺得連休也太多了嗎？怎麼又要放假了啊。」「真敢說～」

等待聲音走遠後，我——潮田智子，按下了沖水鈕，打開廁所門。

一對男女從一棟進駐了好幾間外商企業的大樓中走了出來。他們就走在我前面，用著義大利語交談，這畫面與興建在地租昂貴土地上的美麗建築很搭。從後面看過去，兩人的背都挺得很直。說到那些身處東京中心地帶的外國人，他們的腰都是直挺挺的。相較之下，日本人走路好像都會駝著背，表情也是悶悶不樂的樣子。

有沒有哪個分析師願意做出一個圖表，探討人類脊椎在地面呈現的角度，與何種因素有關呢?圖表的橫軸就是出生地的緯度或年收之類的,什麼都行。

我嘗試讓處在工作模式的腦袋冷靜一下。

我到底在想什麼啊。

有約會的夜晚,我心情都會比較輕鬆,感覺要是周遭沒人,一不小心就會來個小跳躍。但是今天不同。

我人都已經前往車站了,途中又突然覺得還是不行,只好臨時轉進一個小巷裡。

L'ultimo Amore。最後的戀情。為什麼要取這麼拗口的名字呢?根據大數據顯示,名字難念的店家或商品,通常都很難成功。

我在內心咒罵著,同時推開了大門。

「歡迎光臨。」吧檯裡的男人一和我對到眼,原本的臭臉馬上轉為笑臉。這鬍鬚男感覺有點像瘦一點的帕華洛帝,聲音真好聽,看樣子他應該就是主廚。

「請問您坐吧檯可以嗎?」

一個身形纖瘦的男人從旁走出,我還沒回話,他就先指著沒人的吧檯問道。裡頭傳來一群人談笑風生的聲音。我該不會是選錯店了吧?

硬要說的話,我是屬於和食派的,只是我不希望自己的呼吸摻有日本酒的味道。如果是和他兩人一起約會，吃著相同的食物，那就沒有關係。

〔抱歉。我臨時要接待客人，所以會晚一點到。〕

我說了一個讓自己身上會帶有酒味的藉口。其實，這算是我為了晚到而找的理由。

〔我知道了。但妳的晚一點是多晚呢？〕

他回傳的訊息我並沒有回，因為連我自己也不知道，會在這裡待多久，不知道何時才能下定決心，前往他的所在之處。

在我盯著手機螢幕畫面的時候，我的酒也送上，就放置在我眼前。蘭布魯思科就像發酵的葡萄汁一樣，在玻璃杯的邊緣冒著黏糊糊的泡沫。今天的我不管喝什麼或吃什麼都無法感到幸福。

「酒重要的不是味道，只要能醉就好。」

這是一個酒鬼前輩的口頭禪，想起他的分析之後，心情感覺稍微輕鬆了一點。我只有第一杯是選了微甜的紅酒，第二杯開始點了夏多內。生火腿乾巴巴的，去掉種子再醃漬的橄欖也失去了原有的香味。只有帕馬森乾酪在這時候依舊美味，滿滿的氨基酸在口中擴散開來。

繼我之後還沒有任何一位客人進來，今天位於一週的中間，星期三。

手機發出了震動的聲音。

〔大概幾點呢？〕

〔抱歉，我跟客戶吃飯所以沒有辦法傳訊息給你，我現在正在廁所，在末班車跑掉以前一定會過去的。〕

〔怎麼這樣啊。好吧，總之我等妳。妳會吃過飯再來吧？〕

我看完他的回覆後，便起身想去洗手間。只是從椅面有點高的椅子下來時，不小心差點跌倒。醉意比我想像中來得還快，雖然只喝了四杯，不過這家店的酒杯比較大。

外場的男性工作人員很快地趕至我身旁。

「您還好吧？這椅腳下有小小的高低差，還請您小心留意。」

不知道是不是因為店內客人比較少的緣故，這個男人從剛才就一直看著我。

我盡可能地挺起胸膛，緩緩做了一個深呼吸。我會那麼快醉，一定是因為呼吸太急促了。為了不讓人看起來像喝醉的樣子，我小心翼翼地走向洗手間。

當我一回到吧檯，剛才那個男人又靠了過來。

「您需要點什麼餐嗎？還是說您在等人來呢？」

「沒有人會來。」

「真是非常抱歉，恕我多嘴了。」

那名外場男沒想到我會回得這麼直接，反射性地道完歉後便匆匆忙忙地離開。

果然和我想的一樣。

這女的只點了一盤前菜，一面看著手機，一連喝下四杯酒，看來一定是在等男人。然後她說話會這麼凶，也一定是因為對方無法依約前來，所以才在生氣。他心裡一定是這麼想的。

不是喔。是男方在家裡等我，而我才是讓人等待的那一個。正當我想這麼告訴剛才那名男店員時，不覺嘆了口氣，我還真是無聊啊。

踏入從未造訪過的店家是我的錯。要是選擇常去的店，與熟知我性情的老闆或常客待在一起，我也就不會被人當作新客，不顧自身意願，被放入那些低級的妄想中。

在沒有人認識我的店家，別人是怎麼看我並不會為我帶來什麼困擾。被男人冷漠對待，依舊提早抵達店內，飯也沒吃，一心等待男方到來，還喝著一點也不烈的酒，可憐的三十代女性。其實讓人這麼認為，我也不會少一塊肉，但我就是做不到。

不過我原本就是不想和熟面孔說話，才特地選了一間從未去過的店不是嗎？

「我覺得智子的好勝心也是一項優點。」

進藤哲生總是這麼對我說。

「潮田智子就是一個如果不去阻止，就算對方是仲山廣司，也會和他比賽的女人。」

某次當他又這麼說的時候，我便問了他：「仲山廣司到底是誰？」他隨即回我，連續五年成績排名第一的自行車選手的名字。

「就算對手是中央新幹線，我也比給你看。」

聽我這麼一回，他馬上露出無比溫柔、充滿愛意的表情。

他直接向我表示過，喜歡像我這樣好勝心強的女人。這對我來說實在很新奇。

畢竟那些討厭輸給女性的男人，大部分也不太喜歡好勝心強的女人。

他們總是把女人視為比自己弱小、不如自己的存在來愛。有的男人會追求比自己矮、運動神經比自己差、腦袋要比自己笨，還會露出一副柔弱樣貌向自己撒嬌的女人。只有那種對自己完全沒有自信，能力差到不行，連保護另一半的力量都沒有的男人，才會追求嬌弱的女人。有點自信的男人，則會想要展現自己比我還要厲害的一面。有的時候表現得不經意，有的時候又會表現得很刻意，他們會誇耀自己的公司、地位、學歷或經濟狀況。

哲生不一樣。

「我是一個運動狂，所以我能驕傲的也只有骨頭跟肌肉了。」

離我家最近的車站附近有間酒吧，我第一次遇見他時，就被他這句臺詞給吸引了。

他身上穿的是有領的橄欖球衫，搭配一條短褲一雙球鞋，明明都已經十一月了。「因為我是從事體力活的工作啊。」他笑著說。當時的我心想，這笑容真好看。在他的短褲下，不管是看得見，抑或是看不見的地方，身體部分都是展現著驚人的健壯，光看一眼就知道，他的工作並不普通。我一問之下才知道，原來他是競輪選手（註9）。這是我人生第一次碰到的職業。

「你為什麼會想當競輪選手呢？」

「因為我家很窮，無法讓我上大學。」

「就算是這樣，那為何會挑競輪？」

註9　競輪選手：以自行車競賽的職業選手。

「只要去競輪學校（註10）就讀，之後再通過國家考試，就可以馬上賺到錢了。而且薪水還比大學生畢業的第一份工作還要多很多，通往職業運動員的路也很明確，比當其他的職業運動選手還來得實際，選手的壽命也比較長。」

「明明是賭博卻是條穩健的路呢。」

「因為賭的是那些客人，我們只有騎自行車而已。」

他說了很多我所不知道的事情，像是自行車競輪的規則、如何購買車券、在競輪學校的時候、平常的生活等……我一直興奮地聽著他說。

那時他說，就算是最底層的A級3班，平均年收也比一般上班族還要多。「那你是在哪一級？」這句話在當時我實在問不出口。因為我總覺得，這問題就像是在評價男人的經濟能力一樣。

「請問您還要加點嗎？」

時鐘已經指向十點。

身為運動員的他，大多都會在這個時間上床入睡。只有在見我的時候，才會配

註10　競輪學校：現在競輪選手養成所的舊稱。在日本國內，若要成為競輪選手，須通過國家考試，以取得選手資格。競輪學校即培養優秀專業人才的機構，在校期間會對學生做一連串訓練與指導，以協助畢業生能順利取得資格。

合我熬夜。我們會忘情地做愛，之後他就會像臥佛像般，陷入深層的睡眠。不好入睡的我，就會在昏暗的燈光中，盯著他的背，享受著他的氣味，聽著他睡著的呼吸聲，最後也不知不覺地墜入幸福的夢鄉。

「啊，不好意思我要結帳。」

〔抱歉讓你等我，我現在就過去。〕

我在等待收據的時候，傳了封訊息過去。手機畫面的時間顯示晚上十點十三分。從最近的車站轉乘一次電車，應該就會在十一點的時候抵達。

「七月中旬我就恢復自由了。」早在一個月前，他就告訴了我可以見面的日子。競輪選手只要決定好賽程，就會在競輪場的住宿地閉關。外出就別想了，就連手機都無法帶進去。據說好像是因為，打賭的對象是人類利用身體去競速的自行車比賽，所以為了防止勝負造假，才會斷絕選手與外部的聯繫。

日本一年到頭，都會在某個競輪場裡舉辦比賽。選手們就像巡迴藝人般到處流浪，不太會有固定的住所。

所以和競輪選手談戀愛，無時無刻都會是遠距離戀愛。

不管身在世界何處，在這訊息跟電話都能連接的時代，無論你人在大阪還是在里約熱內盧，大概都沒有太大差別。但若是在無法攜帶手機進去的競輪宿舍裡，就如同待在亞馬遜內陸一樣。普通的戀愛有時候也是很艱難的。

「智子的男友是從事什麼行業的人呀？」

「他正在撈捕鮪魚的遠洋漁船上。」

「哇~沒想到竟然是藍領階級啊。」

在女孩們的聚會上，只要這麼回答，大家都會覺得很有趣。實際上，我們的行程也搭不太上，所以這說法其實還滿符合現狀。

老實說，他的職業對我來說挺剛好的，畢竟市調的工作永無止境，只要逼近交期日，連續熬夜加班工作就會變多。如果是一個月一次的約會，勉強一下倒還可以，但要是每個星期都要約會，這樣的生活我絕對無法繼續。而且我也不會要求頻繁見面，對他來說似乎也滿剛好的。

雖然我們也不是因為「恰巧」才相愛，但「不適宜」的戀情是無法長久的。

我在店員恭敬地目送下，離開了店家。外頭的溼氣攀上了我無袖的肩膀。看來不知何時下了場雨，地面溼漉漉的。

當我穿過剪票口時，彷彿是為了我準備好般，電車在最剛好的時機點駛進了月臺。

我終於要前往他所在的地方了。

【在此停靠。】

列車突然減速，幾乎和廣播同時動作。就在我抓住吊環的手伸到最直的時候，車內晃了一下，車廂之間的連接處隨之跟著嘎吱作響。

眼前的大學生耳機掉了一邊，傳出了沙沙聲響，是麥可・傑克森。

【本列車收到指示，故在此臨時停車。】

裝滿車廂的幾百人一起受到了衝撞。

不過也多虧了這場大洗牌，讓我周圍變得寬敞、舒適許多。

明明在場有幾百人，大家卻都沉默著。我會對平時理所當然的事情感到不可思議，一定是因為今天的我與往常不同的關係。

所有人密密麻麻地擠在同一個車廂內。我腦中浮現這些「不相干的人」彼此突然開始打招呼的畫面。

您好。啊，晚安。您要到哪呢？一直以來都是搭這班電車嗎？不覺得冷氣開得有點太強嗎？您從事什麼工作呢？我只是一個普通上班族。工作辛苦了。我現在正要去上夜班。真是辛苦呀。是啊，因為我從事大樓的清潔工作。學生不是已經放假了嗎？我是打工結束要回家了。妳的耳環在哪裡買的啊？

算了，一個人在那邊想一點也不有趣。感覺就像蜜蜂的幼蟲從腦海內湧出一樣。

【很抱歉耽誤各位旅客的寶貴時間。由於K鎮車站附近，有列車發生機械故障，導致電車臨時停車，故本列車也將暫時停止運行。】

我望向手錶，晚上十點三十二分。

耳機中流瀉出來的音樂從〈The Girl Is Mine〉轉為〈Thriller〉。

沒有任何一人說話。

我一邊喝著酒，一邊等待自己做好覺悟，再前往目的地。

我明明都已經下定決心，才坐上了電車。

只要搭上電車，剩下的就是隨時間自然流逝。然後順其自然，平時的幸福就會造訪，接著迎接晨曦，離開他家。到了公司之後，專案也終於進入佳境，我想要的，就只是瘋狂工作而已。我已經事先在置物櫃裡，放上好幾套衣服。

為何偏偏要選在今天讓我多出這些時間，可以好好思考事情呢？

剛才的大學生，手終於騰出了空間，可以將耳機線拉好。只見他重新戴上耳機，麥可・傑克森也跟著在中途消失。

【很抱歉耽誤各位旅客的寶貴時間。由於K鎮車站附近，有列車出現機械故障，導致電車臨時停車，故本列車也將暫時停止運行。】

就算廣播內容一樣，還是比沒有來得好。幾百位乘客一同保持沉默。要成為這其中一人，忍耐是必須的。

【何時會恢復正常行駛，目前尚不清楚。】

什麼？

看來要花上不少時間。由於車輛故障而卡在原地動彈不得的列車。如果故障問題修不好的話會怎樣？連結其他能動的列車來牽引或是推動嗎？但是這麼一來，就必須空出某條鐵軌，讓火車頭開過來才行。不過現在鐵軌上，應該到處都堵著因號誌而停在半路的列車。

是說列車裡不是原本就有許多動力車廂嗎？我以前曾經做過都市交通網的市調。我記得應該有很多條路線，都是採用「動力分散式」——一種讓動力分布在多個車廂來運行列車的方式。就算其中一個車廂無法運作，像現在這樣完全無法動彈是有可能發生的嗎？

事實真的是因為故障的關係嗎？

還是說，其實不是車廂故障，而是有其他真正的原因呢？

在大眾運輸的危機管理上，有時會優先採取不造成乘客恐慌的處理方式。例如被人設置炸彈，卻又無法讓乘客迅速避難的時候，他們就會選擇不告知乘客。因為比起炸彈可能會帶來的損害，那些爭先恐後想要逃跑的人們，有很大的機率，會因為恐慌而引發更危險的踩踏事件。

我想起來了。我曾經有一次因為工作出差，中途經過德里的機場。那時，飛機在起飛前突然響起了廣播。

【清潔人員即將進入機內清掃機艙，敬請見諒。】

飛機是從阿布達比飛來的同一航班，同一架飛機。

為何現在才要清掃機艙呢？

走道前湧入約十名身穿作業服的男男女女。他們一出現在機艙內，便平均分散在機艙各處，開始尋找座位底下。只有其中一人隨意地拿著塑膠袋，從座位的前袋裡收集客人不要的垃圾。動作一致，目光銳利，他們很明顯就不是清潔人員。

【機內的清掃工作已結束，本班機即將起飛。】

等待清潔人員結束撤離之後，飛機也若無其事地順利起飛。

他們正在找尋某個東西，或許是爆裂物也說不定。還是說，他們收到情報表示，有人會在機內交易大麻還是什麼的？如果是收到有人設置炸藥的情報，那畢竟是起飛之前的事，應該會先讓乘客避難才對吧？但要是在飛行中收到情報，那該怎麼辦才好？

【我們收到機內被人放置炸藥的情報。】

這樣廣播好嗎？

如果不在空中，而是航行中的船隻……

我不禁想像起飛機在空中解體，自己被拋出機外的樣子。被爆炸物瞬間炸飛的死去，與得知事實，在一片悽慘的慘叫聲中阻礙彼此退路、互相推擠，接著倒在一塊，在恐懼中掙扎，然後被壓死。哪一種死法比較好？

好的死法？

我只是搭的電車停下來了而已耶？

包包傳來震動的聲音。

我縮起身體，拿出手機，盡量不讓自己的手肘突出去。

〔妳差不多該到了吧？啤酒跟葡萄酒我都先幫妳冰過了哦。〕

我得趕快回他訊息。

〔電車現在停在半路，聽說是K鎮有列車發生故障。〕

我將手肘貼著身體，以僵硬的姿勢對著眼前五公分大的螢幕回覆訊息，感覺頭都快暈了。就在我按下「送出」的瞬間，眼前的男人隨即抬起下巴，望向上頭的懸吊廣告，而他的後頸正巧碰到我的手機一角，男人也嚇到趕緊把頭縮回去。

毫無變化的廣播不斷地重複播放著。

從列車停在這裡到現在，已經過了多久時間呢？

如果我剛才把手機放回包包前，有先看一下時間就好了。我小心翼翼地轉動脖子，環顧四周。左邊有一個拉著吊環的男人，他的手上有戴錶。時間快要來到晚上十一點。我們已經在同個地方停了至少三十分鐘以上，不過大家依舊很有耐心。

早知道會這樣，我應該一出公司就直奔他的住所。儘管離轉乘站的末班車還有一點時間，我和他的時間卻越來越少。我的眼前浮現出一個電影畫面——被裝在電路板上的紅色數字，一顆限時炸彈正在倒數計時。

我們所剩無幾的時間，是到隔天早上，我上班為止。

「等到福井的比賽結束，我會回東京休息一陣，到時我想見妳一面。」

「我想見妳一面」這句話，總是會讓我心醉。我每天都過得很緊繃，但這份緊繃，會僅僅因為這六個字，就能讓我感到身心放鬆。語言的魔法，會讓我一直扼制著想見他的心情，突然變得渴望起他。即便能見面的次數少之又少，但最起碼我能感受到，擁有一個與自己相愛的人，是件多麼幸福的事。

兩年來，我一直在重複著這樣的過程。大概一個月一次，有時候也會有兩個月見不到面的情況。

在我們相遇的那個夏天，我們去了一趟高原，住了三天兩夜。

「就算只有一天沒訓練，肌肉也是會掉的。」他說。

於是那次之後，我們的旅行就變成只住一天。

在我們要出門的日子，他會先在早上完成訓練再來找我。等到隔天傍晚我們分開後，睡前再做訓練。

儘管如此，他仍舊覺得自己肌肉掉了，體力也跟著下降不少。

我其實有點訝異，原來對專業運動員來說，少了訓練就會造成如此嚴重的後果。不過他這樣辛苦還是想要與我共度時光，讓我覺得很有面子。雖然我也是真心為此感到很抱歉。

我們在秋天的時候，一起去了箱根的飯店度假。我在紅葉的庭院裡散步，他則是出門去跑箱根的山路。我會在他滿身是汗地歸來後，緊緊地抱住他。

春天時，我們會從陽臺看著鎌倉的海岸，度過一整天。

「我出門跑一下。」

他會沿著海岸的道路，跑到茅崎再跑回來，然後在材木座海岸的沙灘上不停地來回衝刺。我就像在陸地上等待衝浪者回來的少女般，從陽臺上一直看著他。

因為他去跑步，我們能待在一起的時間也會跟著減少，但是我一點也不討厭。

不如說，看見他跑回來時，那臉上綻放的笑容，反而會讓我覺得愉悅。那是幾個月才一次，他「回到了我的所在地」，且為數不多的過去。

回憶在腦海中閃過。事到如今我也很後悔，自己為什麼會選擇待在一間毫不重要的義大利餐廳來消磨時間。

今天的我，打從一開始就和平時的我不同。

我害怕和他見面。這是我和他交往以來，頭一次這麼沒有自信。我不知道看見他以後，自己會變成什麼樣子。

儘管如此，我還是得去他家。

那怕是一下子也好，我想好好珍惜剩下不多的時間。但是我同時又很害怕與他見面，只好坐在讓人不舒服的吧檯上，一邊嘆著氣，一邊度過獨自一人的時刻。而現在的我十分怨恨那時刻。都是因為我待在那種地方，才會卡在這動彈不得又塞滿人群的電車當中，將自己的寶貴時間就這麼白白葬送掉了。

失去的時間也無法回來，而且……

今天早上，我還射出了一支箭。

那封信件，會在明天下午寄到他家吧。這麼一來，我們的過去時光就再也回不來了。

我向天空射出的那支箭，到射穿他門前的這段期間，就是我僅存的時間。

我想要一面鏡子。

在他打開家門的瞬間，我必須露出平時的笑容。

我自己也不知道，那會是怎樣的一個表情。

無論是在電車中也好、公司也好、去買衣服時踏入的店家也好，我總是思考著怎麼樣來呈現自己，並且有意識地去塑造自己想要的樣子。就連被告知家人病危的那天，在職場或是客戶面前，都是我所不知道的自己，也就是與真正自己的狀態毫不相關，一路都是讓人看見我想塑造出來的那一面。或許就連在商店街的熟食店購買關店前的五折優惠商品時，我也從未顯露出真正的自己。

只有和他在一起時，我才能從所有事物中得到解放，呈現自己最自然的樣貌。因此，我自己也不知道，在他面前我是露出了什麼樣的表情。

今晚最真實的我，是感到很害怕、很哀傷、很痛苦。唯有今晚，我必須給他看見的是「看起來與平常無異的潮田智子」。

我會從車站出去，穿越一個紅綠燈，像往常一樣，站在他公寓前，對著影像對講機露出笑容，等待他幫我開門。接著再搭乘電梯抵達七樓，按下門鈴。隔著一扇門傳來的腳步聲讓我怦然心動，從打開的門中，可以瞧見他的笑容與明亮的光線，旁邊擺放的是他練習用的腳踏車。我會假裝若無其事地說聲：「我來了。」然後在玄關脫下我的鞋子，一邊感受著腳下的木質地板帶來的冰涼感，一邊走向客廳。

我今晚去見他也會是如此。

【由於本日長時間暫停運行……】

廣播內容變了。

【很抱歉耽誤各位旅客的寶貴時間。由於K鎮車站附近，有列車發生機械故障，導致電車臨時停車……】

這已經聽了不下數十次了。

【……現在正準備將列車移至車站月臺。】

是想在那裡放乘客下來嗎？

【等待移動作業結束後，後續列車也將在各自運行到最近的車站後，再度停止運行。預計重新發車需要相當長的時間。造成不便敬請……】

這班電車也會行駛到最近車站，看來似乎是要我們在那裡下車的意思。

【本班列車即將抵達N山站。抵達車站之後，列車將會在N山站稍作等候，還請各位旅客……】

廣播都還沒結束，列車便開始緩緩移動。車廂內的氛圍也舒緩不少，明明沒有半個人說話，卻知道全部人都鬆了一口氣。

列車終於要進入月臺了，我迫不及待地等待著列車停下來。接著車門打開，從漫長的監禁中得到解脫的人們，開始各自爭先恐後地拿出手機。一吸到外頭的空氣，我也趕緊打電話給他。

「怎麼了？動了嗎？」

電話那頭的他，聲音依舊溫和得叫人懷念。

「對不起。雖然車子好不容易動了，但是我們被迫在N車站下車。」

「妳現在在月臺？」

「是啊。」

「那妳還愣在那幹麼，趕快下樓梯，等等大家都要搶計程車了。妳搭上計程車之後再打給我吧。」

我完全沒有想到，這真的很像他。不知道是因為他原本就是這樣的個性，還是身為競輪選手的關係，他總是能很快地掌握周遭環境。

我立刻走向樓梯。雖然心裡著急，但人潮實在太多，根本無法奔跑。我非常懊悔，應該一出月臺就拔腿狂奔的。

原先擠滿車廂的乘客，通通被迫在急行（註11）也不停的車站下車。大部分的人平常都沒有在這站下車，所以也不知道該怎麼走，導致人幾乎都堵在樓梯間，使得人潮更難流通。就連廁所前也是大排長龍，還有人大聲地詢問站務員，難道都沒有準備替代運輸嗎？

等到我好不容易過了剪票口，才發現計程車乘車處的隊伍早已排得老長，我完全慢了人家一大步。

反正我就先排在隊伍尾巴，畢竟我可是位分析師。我看著一輛計程車出發，便立刻計算下一輛計程車抵達的時間。第一臺需要四十六秒，再來是六十六秒。至於隊伍的話，從前面數來十個人，按照這長度的六倍，大約是六十人。就算我人已經在隊伍裡，但是要輪到我，少說也要等個三十分鐘，或許還有可能超過一個小時。

我用手機打開了地圖。只要稍微走一段路，就可以接到一條很大的馬路。比起待在原地，計程車會經過那邊的可能性還比較高，我還是離開這裡吧。

〔我坐上計程車了，經歷了一點波折。〕

註11 急行：日本列車的種類之一，以停車站的多寡來排列，通常設有特急、急行、快速、準急、普通（各站停車）等。

〔那妳很快就會到了吧，我好期待。〕

在這種夜晚，這傢伙真的是……

比起安慰我「辛苦了」，他期待我到來的這句話，更能讓我感受到療癒。

我不自覺地笑著關掉手機畫面。

「智慧型手機真的很方便呢。」

「啊，對啊。」

司機突然開口向我搭話。

「因為電車停駛，我被迫在N山車站下車，可是車站的計程車乘車處大排長龍……我從來沒有在這裡下過車，所以不是很清楚車站構造，就用手機查了一下地圖，才走到這條馬路上的。」

「我也是啊。因為電車停了，我就想說搞不好可以載到客人，正打算要開去車站的。畢竟最近景氣不好，光會開車根本賺不到錢，有資訊跟沒資訊真的差很多。」

搞不好我可以提案看看，做出一個專門提供資訊給計程車司機的系統。我的工作魂正在躍躍欲試。

「就連訊息也是啊，一下子就傳過去了不是嗎？而且傳的人也可以知道對方讀了沒有。以前我可是一寄出情書，就會有好幾天都在煩惱，對方收到信了嗎？讀了嗎？要是沒有收到回信，我就會想說是不是對方沒有讀就丟了呢？還是寄去的途中，掉在哪裡不見了這樣。真的會讓人一直胡思亂想呢。」

「那你收到回信了嗎？」

聽到了我的問題，司機維持朝前的姿勢，稍微停頓了一下。

「也是有沒收到的時候啦。」

正當我想著要說什麼話接下去時，司機又再度開口道。

「您是要去男朋友家嗎？」

我很意外他這麼問我。

「您剛才上車的時候，我就覺得您很漂亮了。後來您在看手機的時候，該怎麼說呢，那表情看起來又更美麗動人了。啊，我是因為後面亮了一下，才會下意識地往後照鏡看了一眼喔。總覺得讓人很羨慕呢。啊，我不是在羨慕對方的意思，而是能夠體會您的感覺。」

車子先禮讓直行車通過，接著右轉。「咔噠咔噠」的方向燈聲也跟著同時結束。

「真是抱歉，一不小心就多嘴了，還請您見諒。」

我沒有特別回話。

什麼樣的表情，會讓我的臉看起來美麗動人？

我對著鏡子看著自己的臉。吹頭髮時的表情、化妝時的表情，還有準備出門，幫自己打氣時露出的微笑表情。這些都是我透過鏡子所看見的表情。但是面對人群時，我所展露的又是怎樣的一個表情呢？自己最原始且曾經似乎讓某人看過的真實面貌，其實連我自己都從未瞧見過吧？

道路的兩側逐漸轉為熟識的景色。

「請幫我停在第二個紅綠燈那裡。」

背對著飛馳而過的車聲，我邁開步伐，走向公寓入口。

「妳不是接待客戶嗎？看來沒有喝得很醉耶。」

「我說啊，迎接自己的女友進房，第一句話說的就是這個嗎？」

「我的歡迎之心，不是都事先表露在訊息裡了嗎？」

他確實是表露無遺了。

「只要在擠滿人的車廂裡站個一小時，區區酒意全都醒了。」

「真慘，我也是等妳等了好久。」

「累了嗎？」

「等妳等累了。不過看到智子的臉又有精神了。」

「沒錯，這些話你就不用省了，再多說一點。」

「好，那我就滿足妳的要求吧。」

我走進廚房，打開鍋子的蓋子，裡頭是煮好的番茄燉雞肉。

「哇，怎麼會有這個？好棒！」

這是他的拿手好菜——「為了維持肌肉，可是需要攝取大量蛋白質的。」他一邊說著，一邊燉煮這道菜給我吃過兩次。一次是咖哩口味，另一次則是番茄口味。

「妳接待客戶時去吃了什麼？」

「義式料理。」

「那妳應該不吃了吧？我在這裡面放了一公斤的雞肉耶。」

「吃呀，當然吃。因為招待客戶的時候我裝自己是小鳥胃，更何況你做的雞肉又那麼好吃。」

「如果不做得好吃點，哪能吃得了這麼多。畢竟只為了營養就強迫自己大量進食，說實在真的有點痛苦。做我們這一行的，連吃飯都要算入工作的一環啊。」

我們第一次一起吃飯時，他也說了同樣的話，而且他也很開心看見我吃得這麼多。

遠方傳來了消防車的聲音。

「是哪裡失火了嗎？好像有很多輛消防車開過去。」

我走到陽臺觀看，但是沒有看到任何東西。

「妳管其他地方有沒有發生火災，趕快過來吧。妳要啤酒？還是葡萄酒？」

「葡萄酒吧……啤酒的話會太飽，這樣好吃的雞肉就吃不了幾口了。」

「如果智子要吃的話，那我也再吃一次好了。」

他從冰箱裡拿出一瓶已經開封過的夏多內。

「我買了這瓶酒來喝喝看，沒想到超好喝的。反正妳應該都喝過了吧。」

這個人是運動選手，所以平常不太喝酒。酒精會造成肝臟的負擔，導致疲勞恢復速度跟著變慢。他就像個孩子一樣，不喝酒但睡得多。利用睡眠來消除身體疲勞，之後再做大量訓練。一直以來，他都是過著這樣的生活。

只有當我們兩人在一起的時候，他才會喝一點酒。明明身材比我大上許多，酒量卻只有我的一半。也因為工作的關係，他只能喝少量的酒，所以要喝的時候就會選擇好喝的酒，這是他的原則。

雖然他的身體都是肌肉，不過為了維持身材以及讓自己隨時處在備戰狀態，他也有一顆細膩的心，能冷靜地分析並確實掌控自己。

我對這樣的男人抱有尊敬之情。只要待在這個男人身邊，做為一個專業人士的我，自然也就能夠接受自己的辛苦了。因為對於好勝心強的我來說，把勝利當作工作，一天的時間幾乎都耗在這件事情上的男人，竟然會願意待在自己看得見的地方，這是一件多麼鼓舞人心的事啊。

除此之外，我們還過得很開心。

這不是很完美嗎？完全是完美的一對呀。

從我們相遇的那一刻起，我每天都過得很開心。

S級2班，聽說非常地強。不過我從來沒有看過他比賽。他告訴我，如果要來就偷偷地來。就連他的父母，也只有出道的時候叫他們來過一次而已。

雖然他真的滿厲害的，但畢竟是要比出高下的比賽，所以還是會輸。對於追求勝負的他來說，只有第一個抵達目的地是「贏」，其餘無論是第二名還是第九名，通通都與「輸」無異。也因為這樣，他才會輸的比贏的還多。

「只想讓人看到自己贏，你好勝心到底是有多強啦。」每當我這麼說，他就會立刻回我：「因為那是我的工作。」我完全回不了嘴。「智子才是，妳的工作又不用分勝負，卻還是那麼好勝。」又是一句令我無法反駁的話。

說不過別人雖然讓人很不服氣，但是我從以前就很常喜歡上講得贏我的男人。

只見他移動他那巨大的身軀，在廚房內來來回回，分別將起司、番茄、綠花椰菜還有櫛瓜一一擺在一個大盤上。我在這個家是客人，是被招待的一方，所以我一邊看著他愉悅地忙碌著，一邊為自己倒上葡萄酒。我早就發現冰箱裡還有一瓶一模一樣的酒。

此刻的我是多麼幸福呀。

為何如此幸福的時刻，我卻打算自己拋棄呢？

大概在四個月前，我聽說「滿厲害的他」，有可能會從S級2班降級到A級1班。我其實不太在意他的賽事成績，原以為他應該沒什麼變化，處在還可以的排名中，算是贏的比較多的那一個。

「原本還可以的排名變得不太好。」

「你知道原因嗎？」

「因為我無法增加我的練習量。」

「為什麼？」

「我左腿後方的肌肉受傷了。」

「股二頭肌？」

自從和他交往以後，我也學了一些肌肉的名稱。

「是股二頭肌再裡面一點，一個叫做半膜肌的小肌肉發炎了。」

「沒辦法治療嗎？」

「正常生活是不會有什麼大礙，但是比賽會。如果停止練習，或許可以治癒，只是一旦減少練習量，我也就無法贏得比賽。而且現在已經開始出現了影響。」

「那就下定決心好好休息一次？」

「如果真的這麼做了，我也沒有信心自己還能夠復出。」

「你的話絕對沒問題的。」

「別說得那麼簡單。我從十八歲就接受專業訓練一直到現在三十三歲。即使只是休息一天，體力也還是會下降。而且光休息那麼一天，發炎也不會好。」

「畢竟你也三十三歲了，如果還像年輕時那樣鍛鍊，身體當然會壞掉啊。」

「那種事我當然知道。」

「既然知道的話，不就也只能減少練習量了嗎？我們剛認識的時候你有說過，因為競輪是一項長期競技運動，所以你才選了它呀。還說有人到了四十四歲進到S級S班，還有人五十八歲奪得比賽勝利，甚至有人到六十八歲了還在比。這不都是你告訴我的嗎？」

「妳說得對。」

「那你要跟我一起去個十天左右的小旅行嗎？」

他沉默了。

「如果只是單純休息你也會感到不安，那就乾脆做些開心的事不是很好嗎？我工作就快滿十年，可以拿到特休了。我們可以兩個人一起去旅行，沉溺在情慾裡，練習的事就不要管它了。趁這次機會，掉到A級試試不也不錯嗎？」

他依舊保持沉默。

「我開玩笑的。」

其實我滿認真的，卻還是這麼補充道。

「妳不要對我那麼溫柔。」

聽見他這麼嘟囔，反倒讓我有些不安。他接下來的聲音也變得有點大聲。

「為什麼，妳要對我那麼溫柔？」

這次換我沉默了。我找不出任何一句話來回他。

「不管你是S級還是A級，我一點也不在意啊。」

「我又不是為了妳在比賽！」

他的聲音迴盪在房內，也讓彼此都無法再開口。

自那時候起，我便開始感受到一股寂寞。

我從未嘗試去共享他的什麼，他應該也沒有想要一起來體會我的什麼。各自在各自的領域上奮鬥著。

兩人聚在一起時，就享受當下僅有的時光。

一直以來都是如此，我對此也沒有任何不滿。儘管如此，一旦知道自己得不到「從未追求過的東西」時，卻又感到好寂寞、好寂寞、寂寞到不行。

我也曾哪根筋不對勁，衝動地空出時間，就是為了與他見面。就算是這種時刻，也是見到面就會很開心。

我們在對講機的螢幕前扮鬼臉，在番茄醬料裡放入太多的奧勒岡葉，只好再加入一整瓶番茄醬，從滿到整個快要溢出來的番茄醬汁底下，撈出雞肉來吃……笑聲不絕於耳。

如往常一樣度過，如往常一樣愉快。

儘管如此，我的內心仍然感到寂寞。

從我們初次相遇到現在，這麼長的時間，待在一個彼此都可以自然地與之相處的對象身旁，對我來說也是件非常自然的事。

但現在卻不同了。

我只是在假裝自己很自然，同時發現對方和我一樣在假裝。

雖然很開心，但是感覺不對。明明很幸福，卻又感到寂寞。

所以昨晚，我寫了一封信。

我們一定會破局的。就像他害怕自己會掉肌肉，害怕自己必須接受休息的現實那樣。我害怕的是，幸福時刻的未來。雖然只有兩年，但我害怕在一旁盯著這過於自然的重要事物，逐漸在眼前崩壞的樣子。

早上出門前，我將一封寫有「分手吧」的信，投入了信箱中。

白天的我可以冷靜地專心投入工作。

可是當我一離開工作，便發現自己根本沒有自信能好好地迎接最後一晚，無法順利地前往剪票口。

今晚的我們，可說是史無前例，完美地演繹出「自然的演技」。

簡直完美無瑕。

我們說著許多玩笑話，配著葡萄酒盡情地吃著雞肉，還一起選音樂來聽，度過了一段輕鬆的時光。

再過不久，彼此就會帶著流汗的身軀爬上床，變成一尊臥佛像與觀察者。

如往常一樣，他的早餐是兩碗飯分量的生雞蛋拌飯。而我的早餐是淋上楓糖漿的烤鬆餅，再加上鳳梨。

「那我出門了。」我如往常一樣，離開了他的公寓。

走了大約十五分鐘後，回到了與車站反方向的家。接著換了套衣服，前往公司。

在我離開之後，他就會做他放假時的日常訓練。而在公司的我，又會投入怒濤般的專案中。

他住的區域，大概要到下午才會收到信件。他什麼時候才會結束回來呢？

如果過得這麼痛苦，倒不如回到彼此認識前的狀態。

就在我這麼思考的同時，夜又沉得更深了。

「要不要去吃碗拉麵？」

老闆在辦公室裡開口邀我，彼此的工作都還沒結束。

時間快要來到晚上九點。我做得很棒，忘了他的事情工作到了現在。

「那我先去拿個包包。」

我快步走向擺放置物櫃的休息室，接著取出包包，習慣性地確認了一下未接來電。

〔這件事似乎還沒有上新聞，昨天晚上不是有聽見消防車的聲音嗎？那個呀，好像是我們家附近的郵局失火，據說信件包裹通通都被燒光了。其實也沒什麼重點，我只是想告訴妳這件事，所以就試著留言給妳了。妳也已經不年輕了，可別工作過頭了啊。我也會好好治療我的傷的。」

笨蛋……

我的臉上流下兩行眼淚。

郵局失火怎麼可能不上新聞。

我做了三個大大的深呼吸。接著取出我的粉餅盒，確認了一下妝容。

兩張袖珍包面紙就讓我回到原本的潮田智子。

那就讓老闆請我吃大碗的叉燒拉麵吧，順便再加份餃子。

第四話

關不起的剪刀

就算回去，母親也不在。

所以我便選擇繞去一家小餐館，代替晚餐。在那裡和一位叫做高橋的隔壁桌客人聊起了天。

「你是做什麼的？」

「沒什麼壓力的上班族。」

「那倒是，真的沒什麼壓力。」

「您這話未免也太過分了吧。」

真讓人不爽。我確實是說了沒有壓力，但就這樣被人肯定，感覺也不是很舒服。

初次見面的兩位客人，想必也不會追根究柢地詢問對方的事。頂多就是「最近很熱呢」的這類天氣話題，或是談論棒球比賽的結果。再來就不是很重要，但一定會問的問題就是——「你是做什麼的？」對方的年紀，大概落在六十歲後半。

「啊，如果讓你不開心我向你道歉。其實我也曾經是個上班族，所以知道就算是在公司上班也是很辛苦的。」

我開始反省自己不小心露出的不悅表情。

「我當上班族的時候是真的很辛苦，不過我五十八歲就提早退休，繼承我老爸的店，現在是文具店老闆了。」

高橋先生拿起酒瓶，朝空酒杯裡倒入黑霧島製作水割（註12）。

「是說我老爸他最近開始有點痴呆。」

他把攪拌棒放回冰桶，冰塊碰撞發出細微的聲響。

「竟然會發生搞錯訂單，訂購了一千個橡皮擦這種誇張事，而且還發生了好幾次。」

我試著在腦中想像一千個橡皮擦的畫面，但是我根本就沒有概念。在高橋先生的文具店裡，一個月可以賣出幾個橡皮擦呢？

「雖然我還在當上班族的時候，也算是一名管理職呢。不過繼承了文具店以後，儘管店面不大，突然就晉升成老闆了。說好聽點是一國一城的領主，但其實就是社長兼新進員工。」

註12　水割：為一種混合酒和水的喝法。在酒裡加入冰塊及水，除了能讓酒溫度下降，還能釋放酒的本身香氣。大多用在威士忌和燒酒類的蒸餾酒上。

「五十八歲的新進員工，而且還是社長？」

我像是說給自己聽一般，又重複了一次對方說的話。

「從資金調動到打掃店內我都要做呢。」

聽他的說法，感覺他並不討厭。

「不介意的話要不要來一點？」他向我勸酒道。「麻煩了。」我說著便拿起酒杯接下芋燒酒（註13），再自己加入水。畢竟家裡的關係，我也不能喝醉，不過我倒是想再聽一點眼前男人的話題。

「雖然說公司也不是沒有銷售目標，或是每日規定的工作量。但就算沒達成，公司也不會倒，一到發薪日，銀行餘額還是會如期增加。」

「確實是呢。」

「我是等到自己當了老闆以後才知道，上班族的『理所當然』是多麼值得感激的啊。」

我的老家也是開理髮廳的。現在父親因為癌症住院，所以店裡的大小事都交由母親一人處理，其中還包括每天去醫院探病。

註13　芋燒酒：指以薯類為主原料的燒酒，口感濃郁且悠長。為日本的主流燒酒之一。

母親的疲憊日益顯現在臉上。

最近她會提早一個小時關店，好配合晚餐時間去探望父親。

「我們以前主要都是賣給小孩的。因為小學很近，他們都會來買筆記本啊，鉛筆之類的東西。像這樣一兩百的金額疊加上去，要達到十萬日圓的銷售額，勢必得賣出一千本筆記本才行。但是小孩也越來越少，就算是新學期，他們也不一定會來街上的文具店採買東西。畢竟便利商店也有賣文具，DIY量販店也有文具區不是嗎？而且種類還很豐富呢。現在我的客源幾乎是附近商家或是辦公室。雖然商店街內有半數的店都關門大吉了，不過相對的，車站前也重新開發，連帶新的辦公室進駐，實在是幫了我一個大忙。只是啊，為了不輸給那些網購店家，我就必須得快點送到，不然他們就不會用你了。我是標榜公司不必庫存，想要什麼只要一通電話，馬上三十分鐘以內送達。像我們這種街上的文具店啊，要和那些大企業、網購比，能贏的就只有速度了。再來還有的就是，把原子筆的筆芯啊、文件夾啊，還有影印紙這類主要消耗品，整組裝箱寄放在那些公司裡。我會事先去拜訪公司的總務部，詢問對方何時會去採買文具以及需要什麼東西，再從對方給的清單中，準備十到二十種種類，然後一個星期去補一次貨，月底再結算對方使用的部分。我這是學富山的賣藥方式。對總務部的人來說，他們也就不用特別花心力去管理庫存了不是？會計那邊也很開心我幫他們減少了庫存品項。而且這麼一來，我自然就有藉口可以一個星期去客戶那裡一次。只要有去拜訪，就算是清單上沒有的東西，也有機會可以取得訂單。我還有賣過置物櫃呢。總之大概就是這樣，還算過得去啦。」

由客套話開啟的話題，不知不覺也開始熱絡了起來。

「一個星期去拜訪人家一次，其實某部分也是為了觀察公司的氣氛。畢竟我是讓人家先賒帳的嘛。說出這種話雖然不太好，不過這年頭管你是什麼公司，都有可能隨時倒閉不是嗎？我也是很勉強地在撐著，要是錢收不回來，我這裡也會跟著倒閉的。」

明明聊得是辛苦談，他的表情倒是很明朗。

這個人還是上班族的時候，一定也很優秀吧。他很享受照自己的點子來經營店鋪，並深愛著自己現在這份工作。

「只不過，不管我怎麼做都還是存不到錢啊。店面是因為自有住宅，沒有房租問題，才能勉強經營下去。平常的生活費就靠年金也還算過得去。畢竟我之前一直是上班族嘛，所以會有厚生年金（註14）。老實說，在領到厚生年金之前，我都快把

註14　厚生年金：類似臺灣的勞保。

我的退休金用完了呢。」

高橋先生突然將視線轉向遠方。

「我現在還算是有客人，所以希望趁精力充沛的時候繼續經營下去。但是我實在說不出口，要我的兒子或子孫接手做下去啊。」

「您兒子幾歲？」

「我記得是三十八吧。」

「那跟我一樣呢。」

我父親和這個人也算是同個年代的人。高橋先生還算硬朗，父親則是生病了。

我接著又問了他的店在哪裡，沒想到竟然在隔壁鎮。那裡以前是條繁華的商店街。在我小的時候，長廊商場那曾經舉辦過活動，現場可以獲得一些糖果零食還有溜溜球，我有特別騎單車去參加過一次。

我也很久沒去了，有點想去那條商店街看看，順便造訪一下高橋先生的文具店。我思考了一下要買什麼好，但一時之間也想不出什麼東西來。

「那是條很棒的商店街呢。」

「以前啦。」

高橋先生說著，便從眼前的盒子當中，拿出了一根菸。

「現在都拉下鐵門倒閉了。」

從他嘴裡吐出的細煙就像嘆氣一般。

「我小時候有去過賣糖果跟賣書的店。」

「他們都已經倒閉了喔，因為沒有人繼承啊。」

「這樣啊。」

「大家都是啊，就連理髮廳也是，去年就沒了啊。雖然是有美容院啦，但是到了我這年紀就沒有勇氣走進去了。」

「啊，如果是剪頭髮，確實不會想換去新的地方呢。」

我自己也是這麼覺得，也滿常聽見客人這麼說。

有很多客人都是在商店街附近出生，從小就會來我們家剪頭髮。不過相對的，這類客人只要一搬家或是不幸過世，客源就會逐漸減少，同時也沒有什麼其他新客會來。

「隔壁鎮的商店街裡，有間叫做芝山的理髮廳，我現在都在那裡剪頭髮。」

真讓人訝異。

「那是我家！」

「咦？真的嗎？你們家是叫芝山理髮廳嗎？那經營那間店的是你父親？」

「是啊！感謝您一直以來的光顧！」

「原來啊，還真嚇了我一跳。」

「我也嚇了一跳。」

「你父親的技術很好呢。」

他沒有在跟我客套，眼神直直盯著我瞧。

「第一次去的時候，不是都會被問：『您想要怎麼剪？』其實我很困擾，畢竟十幾年都去同一個地方，根本也沒有特別表示過自己想要怎麼剪嘛。每次都是安靜地坐下，對方就會幫我剪得和平常一樣。」

「確實是呢。」

「我不知道該怎麼回答就沉默了一下。你父親就問我：『您上一次剪頭髮是在什麼時候？』我就回他是在四個星期前，接著他就說：『那幫您剪一樣沒問題吧？』我也跟著回好。後來他說了一句：『不好意思。』之後，就把手伸進我的頭髮，用手指大概梳了一下，隨後又道：『我知道了。』老實說剪完之後……我真的嚇了一跳，完全跟我想的一樣，明明是第一次來，卻能剪得跟我平常沒什麼兩樣。」

年紀比我稍長的高橋先生，此刻正用著閃閃發光的眼神，像個小學生般地說道。就像回到家的小孩會用大嗓門喊著：「媽媽，今天我在學校發生了一件事哦。」

那樣表示著。

我很高興父親在工作上的表現受到了稱讚，只是我無法做出適合的回應。

「謝謝您。」

雖然也不知道自己到底在謝什麼，但我實在是找不到其他說詞了。

「我兩個星期前也去了呢。」

「是我母親幫您剪的吧？」

「是啊，最近去老闆都不在。」

我有點猶豫要不要把父親住院的事情告訴他。

「一開始只有你母親在的時候，我還想說那就下次再剪吧，不過她很自然地問我：『不介意的話……』因為我人也來了，就乾脆回她：『那就麻煩妳了。』只不過她也沒有特別問我要怎麼剪，而是問我：『跟平常一樣就好嗎？』我也就很順勢地回了一句：『對。』但是我不是第一次給你母親剪嗎？平常都是給你父親剪的，但她卻說『跟平常一樣』……」

「所以剪完跟平常一樣嗎？」

「真的就跟我平常一樣，嚇了我一跳。」

「我們家長年以來都秉持著一個信念，就算父親不在，不管是誰剪都要提供給客人同樣的服務。」

「你們是怎麼辦到的啊？我看你們也沒有拿剪完頭髮的照片做紀錄啊？」

「即便我父親在店裡，洗頭髮的還是我母親對吧？」

「是啊，一直以來都是他們夫妻倆幫我處理頭髮的，很不錯哦。」

「母親會在洗頭髮的時候，觀察客人的髮質和父親剪完的樣子。她看的地方不僅僅只是表面的形狀，她會用手觸摸外觀看不到，由父親傾注在髮型內，類似『構造』的東西。」

「可是剪髮、做造型還有洗髮的價格不是都分開的嗎？」

「沒錯，因為有很多客人希望單純剪髮能算便宜一點，所以我們也別無選擇。」

「那剛才你提到的那些，如果是不洗頭髮的人不就沒轍了嗎？」

「第一次造訪的客人，我們會免費招待對方洗髮。」

「啊，對耶。」

只見高橋先生微微縮起嘴巴，呈現「哦」的形狀。

「原來如此，確實是呢。」

「母親用自己的方式來取得客人的資訊，也是為了讓那些給父親剪完頭髮的客人，能夠得到同樣滿意的服務。」

「真厲害啊。」

「她就是喜歡這樣，畢竟我父母對頭髮都很狂熱。據說他們兩人好像是在美髮學校認識，彼此都受到對方熱衷研究頭髮的興趣所吸引。我還聽說他們就算忘了客人的名字，只要一摸頭髮就能想起來。」

高橋先生露出溫柔的笑容。

「芝山先生有兄弟姊妹嗎？」

「我是獨生子。」

「那你意思是，將來也沒有人會繼承店裡了吧？這樣啊……畢竟經營個人店鋪沒什麼未來嘛。」

我內心感到一陣愧疚。

「再說，就算自己有好好經營店鋪，要是周遭的店家一個接著一個歇業，導致商店街最後沒落，你也沒辦法怎樣，我的店就是這樣。」

「我其實也有理髮師執照。」

「哦？那不錯啊。」

「我高中的時候，有去美髮學校的夜間部學習。選擇當美髮師的人比較多，不像理髮科就只有二十幾人，會來就讀的學生，家裡大多都是開理髮店的。」

「是這樣嗎？」

「想要當美髮師的人是有，但如果家裡不是開理髮廳的，根本不會有人想當理髮師啊。」

「或許是吧。不過你明明有資格，這樣真浪費啊。理髮師應該很難當吧？」

「國家考試的合格率是看每個年度，不過也不是多麼困難的考試，只是很耗時也很花錢。專門學校雖然是兩年制，但我總共的花費也超過了兩百萬日圓。一想到我父母到底剪了多少客人的頭，就覺得對他們感到非常抱歉。」

「不管孩子想做什麼，為人父母都會想盡辦法拿出錢來的。」

高橋先生嘴上說著，目光卻沒有看向我。我並沒有結婚，當然也沒有小孩。

「我原本跟他們說，只要遠端教學就好。雖然要花上三年，不過學費相較之下便宜許多。如果只看學費，三年就只要六十幾萬日圓，差很多對吧？但是我父親卻說：『給我去學校。』他要我去學校學習新的技術，這樣回來也可以教他。每當我在半夜打開教科書讀的時候，他就會在一旁偷看，然後一邊說：『哦？以前可是沒有這個。』那表情看起來非常的開心。」

「嗯嗯。」高橋先生表示同意。

「至於實際操作，因為我家就有『老師』，所以也沒什麼問題。」

「真是個孝順的兒子。」

「但我最後還是成為了一名上班族，所以一點也不孝順。他們在我身上花了那麼多的錢，我卻無法回應他們的期待。」

高橋先生向我敬酒，但我婉拒了他。

「我去美髮學校上了兩年夜間部的課，因為第一次的國家考試就考上，所以高三才有時間讀書，準備考大學。如果是遠端教學，那就勢必得花上三年時間，這麼一來我也就沒空準備考試了……」

「所以當初要是選了遠端教學，你可能已經繼承家業了？」

「有可能。」

「你父母特地選了學費高的年制讓你去讀，對他們來說，著實是筆很痛的支出呢。」

「搞不好他們是為了不要讓我臨陣退縮，才故意這麼做的。」

「你果然還是想要上大學吧？」

「嗯，以結果來說確實是如此。我是很想上大學沒錯，但是比起這原因，我應該更想和大家一起度過高中生活吧。因為我晚上要去夜間部上課，所以也無法進任何社團，更沒有跟同學在下課後一起去街上玩過。」

「所以你的和大家一起度過高中生活，就是準備大學考試？」
「是不是有點奇怪？」
「是很奇怪，雖然我也能懂啦。」
我們兩人都在此陷入了沉默。
吧檯裡傳出平底鍋翻炒東西的聲音。
那聲音彷彿午後雷陣雨般，不可思議地讓人感到療癒。
我就像是遇上了一場驟雨，隨即躲進某個屋簷，偶然碰上和我待在同個地方躲雨的高橋先生。除了時間以外，我們也共享了另一個東西。
我不知道那東西是什麼，儘管不知道，但和高橋先生聊過之後，自父親住院以來，一直沉在我內心深處的某個東西開始動了（就算沒有顯現出來），還是讓人似乎感受到一股柔和的舒暢感。
「大概是在半年前吧。」
那是發現父親罹癌不久前。
「那時候是下午，我有一股想剪頭髮的衝動。原本頭髮留著不怎麼在意，還長到貼到了臉頰，但就在某個瞬間，我突然覺得很煩很想剪掉，你不會這樣嗎？」
「我懂。」

「因為那時介於快要關店的時間，我有點不好意思，就先打了通電話過去，問說：『現在可以去剪頭髮嗎？』這樣。畢竟我怕會像餐廳那樣，有最後點餐的概念。還好對方回說沒關係，我就趕緊出門了。我有說大概十五分鐘後會到……但正當我要出門時，偏偏就有人在這個時候打來，結果實際抵達店裡花了我快三十分鐘。後來我匆匆忙忙地騎著腳踏車趕去，一到店裡打開店門的時候，就看見椅子朝著門口，你爸就站在椅背後等著我。我當時心裡想著，該不會你爸就這麼一直站著，等了我三十分鐘吧。」

「不，我想應該是不至於啦。」

雖然我嘴巴上這麼說，但如果是父親的話，很有可能真的會這麼做。

我原本鬆懈下來的表情跟著一僵。

胸前的手機在震動。

〔急事，立刻回電。〕

是母親傳來的訊息。

我急忙飛奔搭上的電車，擁擠到幾乎沒有可以抓的吊環。

時間快要來到晚上十點。

我的耳邊還殘留著母親在電話裡的聲音。那聲音聽起來就像是在努力壓抑自己，不要喊出聲來。

「你現在先來醫院，你爸爸的身體狀況突然急轉直下，加地醫生說今天晚上會是關鍵。」

電話才剛接通，母親就激動到一股腦兒地說完。

「今晚是關鍵？所以是有可能撐不到明天早上嗎？」

「爸爸已經失去意識了。收縮壓也降到只剩八十左右，現在正在吸氧氣。」

母親拔高音調說道。

「我們晚餐就和往常一樣一起吃，在那之前明明都沒事的。他還抱怨醫院裡的高野豆腐很難吃，就像他平常那樣抱怨著。」

父親因為手術的關係，聲帶已經被切除了，所以母親口中的抱怨也是指筆談。

「因為醫生請我把兒子也叫來，所以我才會傳訊息給你。總而言之，你快點過來就是了。」

請把兒子也叫來。

醫生是用這樣的方式告訴家屬，病患生命所剩無幾了嗎？

掛掉電話之後，我立刻返回店內，急急忙忙地結完帳後便離開。高橋先生那裡，我只對他說有急事。

我人才走到建築物門口便停了下來，或許我應該回家一趟帶點東西再過去。但是我想不到該帶什麼好，整個腦袋根本無從思考。

我原本想問問母親，但是她的電話已經打不通了。雖然轉到了個人病房，但是我記得她有說電話還是可以使用才對……我現在才意識到，我連新的房間號碼也忘了問。應該趕到醫院就會知道了吧？

「我想爸爸不會在這一兩個小時內離開的。」

這是醫生說的嗎？還是母親自己這麼認為的？我連這件事都忘了確認。不管情況是怎樣，我都必須盡快趕到父親所在的醫院。要趕緊才行。

一開始是附近車廂的連結處，發出「鏘」的一聲。

接著是一連串金屬碰撞聲響，列車在一瞬間突然開始減速。吊環一同咯吱作響，小小的悲鳴聲，在車廂內四處響起。

抓著吊環的手一下子伸得老長，害得我不得不撐住從後方湧上、不知是幾人份的體重。

只要我一放手，周圍的人包括我也一樣，就會壓在某個人的身上吧。

我腦中掠過一個畫面——大家的腳就這樣無法動彈，上半身被人群壓住，只能往隙縫倒去，好多人都疊在了一起。

X光片顯示我的肋骨被折斷，在體內刺穿自己肺部的畫面。

要是手臂就這麼被人夾斷，只剩身體獨自倒向地面，就不得不用肩膀剩下的部分努力掙扎，然後斷掉的鎖骨會刺穿薄薄的皮膚，或許下個瞬間就會刺穿喉嚨。

為什麼偏偏選在今天，一直讓人想到討厭的事呢？

恐怖的時間只在一瞬間便結束，列車早已停了下來。

在我伸直的左手臂稍微得到舒緩的時候，廣播傳來了車長的聲音。

【很抱歉耽誤各位旅客的寶貴時間。由於本列車收到紅燈險阻號誌，故本列車將在此臨時停車。】

所有人都知道列車停下來了。

「發生意外了？」

不知道從哪裡傳來某人這麼說道。

接著一陣音樂聲響起，好像是從誰的耳機裡發出來的聲音，之前大概是被列車的行進聲給蓋過了吧。感覺大家都在側耳聆聽。

【很抱歉耽誤各位旅客的寶貴時間。】

車內重複播放著與先前廣播分毫不差的內容。

【由於K鎮車站發生了人員意外掉落軌道事件，故本列車將在此臨時停車。】

又有人意外掉落軌道啊。

聲音是從遠方傳來的，其他人沒有為此表示半句話。放眼望去，大約有一百名左右的男男女女，大家的表情絲毫沒有變化，僅是沉默地站在原地。有拿手機的人都低著頭，而那些什麼都沒拿的，便到處抬頭看著車內廣告，一臉漠不關心的模樣。

車廂內看不見任何慌張的神色。對於所有人來說，這只是習以為常的事。

應該吧，明明就死人了。

我在心中脫口而出的瞬間，感情也跟著湧上。

別選這時候死啊。

真想這樣大聲吼叫。

我現在可是十萬火急地趕往父親病榻前。他現在已經被轉到單人病房，人還失去了意識。拜託不要挑這個時候給我停車啊。

對於父親的死亡，我早已做好了覺悟。半年前，父親因為輕微的心臟病發作，被緊急送上救護車，就在檢查過程中，發現到罹患了癌症。

下咽癌。

此類癌症在發現的時候，大部分病情都已經惡化到相當程度，而父親的情況也是如此。Ⅳ期，單純以文獻上搜尋到的統計來看，上頭寫著存活率大概介於百分之三十到四十之間。但是照醫生的說法看來，父親的情況似乎又更為棘手。癌細胞已浸潤到喉頭，也轉移到了淋巴結。

父親很快就動了手術——全咽喉切除術，這也讓他因此失去了聲音。一開始，父親表示自己不願手術，也不要接受放射治療。

「如果動了手術，那我就不能工作了。」

「為什麼不能？你的手跟腳都不會有事呀？」

「我會無法發出聲音啊。」

「只是聲音而已還好吧？你的性命比較重要啊！」

「我可是開理髮廳的！」

我剛開始還不能理解父親這句話的意思。

「給一個半句話都不說的陰沉理髮師剪頭髮，客人會覺得開心嗎？」

也是有人不喜歡在理髮廳跟人講話的人啊。我差點就要這麼脫口而出，最後還是硬把這句話給吞了回去。

理髮廳內聊八卦。

從很久以前就有客人非常喜歡這樣。而為了讓彼此可以輕鬆交談，店內播放的不是背景音樂，而是廣播。

「我認識的人裡面，也有因為一些原因而無法開口說話的理髮師。他是一個很優秀的人，技術也很好，也有很多常客會去找他。那個人就是用自己的方式在經營理髮廳，也確實都有客人來，那樣是很好沒錯。但我可是芝山理髮廳的老闆，我可以像現在這樣，選擇自己要不要切掉喉嚨。從過去開店到現在，我都是秉持自己的信念一路走來。所以我的店該怎麼做，我希望你們能讓我自己決定。」

失去了聲帶，大概味覺也會跟著消失。當我聽說那個手術是切掉一部分食道後，再將剩下食道往上拉，好跟上半部做縫合時，我真的是嚇到整個人都縮了起來。而且就算動了這個手術，存活率也不會提高多少。

在父親表示他不願意跟病魔對抗的同時，他也真的在接下來的日子裡，改寫了自己剩餘的人生。

但是家人方面卻做不到他那樣。

我們無法面對突然被擺在眼前的現實——父親的死亡。父親只要過完自己剩餘的人生即可，但是父親不在之後的人生，我們卻還是得繼續活下去。

自從在美髮學校相遇以來，對母親而言，父親既是戀人也是丈夫。可能除此之外，還是她工作上的伙伴。母親現在的人生，都是跟父親共同構築而來的。

就連身為兒子的我也是。父親總是會待在自家兼店鋪的店裡，不管是我通勤上學，還是之後成為了上班族，只要一回家，父親就會在那裡。

我和母親完全無法想像，有一天會失去父親，也接受不了這個事實。我實在是想像不出，父親不在的芝山家會是個什麼樣子。

面對倔強且固執又不願治療的父親，我跟母親兩人都是極力勸他接受治療。

「爸爸，你不要想著這是為了自己，也想想是為了家人，接受治療吧。」

我們這樣懇求他。

至少這樣還能活個兩年——不對，就算是一年也好，我希望他能活下來……我明明是這麼想的，怎麼會這麼快就……

如果我知道父親剩下的時間是如此短暫，那就該照他所說的那樣，不接受治療，讓他開心過完剩餘的人生，總比現在這樣要好上幾百倍。

我到底都做了些什麼啊。

父親應該不久後就會死去吧。

說起來有點奇妙，當我收到母親通知時，心中並沒有出現「拜託幫忙救我父親」的想法，只是自然而然地覺得「命運的那天來臨了」。同時間，待在這班靜止下來的電車當中，對於處理父親一事的懊悔情緒，也開始將我壓垮。

不過就算是這樣，為什麼偏偏要挑這種時候死掉啦。

所謂的人員意外掉落軌道，其實就是跳軌自殺吧？就算不是那樣，也有可能是喝醉的人或低頭滑手機的人，在走路時不小心從月臺上跌落，恰巧就跌在列車即將進站的鐵軌上。但是總而言之，不管原因為何，幹麼要挑今天這個時候給我死掉啦。

我看了一眼手錶。

自從列車停下來之後，已經過了快四十分鐘。

時間的長度，也正好說明了人員意外掉落軌道事件的嚴重度。

現在這時候，他們應該還在繼續作業，為了盡快讓電車恢復通車，撿拾散落在各處的肉塊。

我回想起手術後，主治醫生拿給我看的那個——從父親的喉嚨摘出來的肉片。

「這是我們盡力切除下來的，大概長這樣。」

那形狀之怪異，不像是出自人體一部分的東西。

「我們**應該還是會**做個病理檢查，要是在切口邊緣發現到癌細胞，就表示沒有切除完成。」

「**應該還是會**」這句話已表明了一切。

奇妙的是，我的內心並未湧現「拜託讓我父親再活久一點」的感覺。

父親不久後就會離世，我已經體認到這個無法撼動的事實。

只是趁著他還活著的時候，我想見見他。就算父親無法回我話，我還是想和他面對面聊聊。

儘管沒有了意識，耳朵搞不好還是聽得見啊。不，或許父親只是手、腳、嘴巴跟眼皮沒在動而已，大腦還是持續有在運轉，就連現在這個瞬間，都還在思考著什麼。

父親可能已經了解到自己死期將至，正在回想過去開心的事情。也許他的大腦想著那些沒能完成的事，正在試圖流下懊悔的淚水。那副早已不受意識控制的身軀，此刻也不願讓父親流個眼淚嗎？是這樣的嗎？

這全都是我的想像。

只是這份想像，在我被關進這輛不再運作的通勤列車中，開始逐漸有了強烈的真實感。

意志被關進不再運作的身軀當中。當我這麼一想，哀傷的感覺又更為強烈了。只是陷入了片刻的睡眠，就有人趁自己躺在床上的時候，偷量了自己的身形，醒來以後便發現全身已被人打上石膏，動彈不得。

腦內掌管運動的部分失去了作用，抑或是只有意識被關進一個肌力（註15）為零的肉體裡。搞不好父親就是處在這樣的狀態下吧。

好想再讓他吃一次好吃的壽司啊。

我突然想起了手術前兩天的事。

那天，父親獲准下午可以外出走走。當病房外的走廊上，陸續出現晚飯的餐車時，我們也正好準備外出吃點東西。手術當然是有風險，再過不久父親就會失去聲音了。儘管平安出院，未來晚餐大家聚在一起時，也就再也聽不見父親滔滔不絕地說話了。因此，我們決定最後一次一起圍在桌前，一家人好好地來吃頓飯。

「這可是最後的晚餐了。」

「討厭啦，說什麼最後。爸爸，你那樣說太不吉利了。你只要能夠出院，我們不就還是能像過去那樣，大家一起吃飯嗎？」

註15　肌力：臨床上的肌力評估，大致被分為五大等級。等級0的狀態為完全無法運動，無肌力收縮。

「人的生死是可以靠吉不吉利來決定的嗎？」

「你看你，又再給我提什麼生啊死的，真的是無聊當有趣。」

他們夫妻倆的對話依舊照常發揮。

父親就和平時沒什麼兩樣，不過自虐式地說出不吉利的話，也有種想藉此消除大家不安的感覺。

掀開病床隔簾，走出來的是日常便服的父親。我有好一陣子沒有看到他不是一身睡衣的樣子。

他從襯衫領口露出來的脖子變得好纖細，眼睛也有點凹陷。

光看他平常的睡衣樣，實在感受不到父親外觀逐漸變化的地方，但是當他一穿回身體還很硬朗時的衣服，就能看得出他的身形與住院前有著明顯的不同。

「我們去哪走走吧。想吃什麼呢？」

「什麼都可以。只要不是醫院的食物，我都願意出錢請客。」

「畢竟是為了爸爸才出門的，還是好好說出你想吃什麼吧。」

「我是真的什麼都可以。反正只要能出院，之後什麼都能吃啦。」

聽見父親這麼說，我也無法再多說什麼。

原以為這會是場愉快的聚餐，我卻因為不安而感到心情沉重，腦中浮現不出任何好主意。我根本就沒有那個心情，無法思考要去哪裡吃飯，或是要吃什麼東西。

我們走出醫院玄關，來到大馬路上，看見鐵軌對面有家壽司店的招牌。

我彷彿遇見了拯救自己的神明大人。

感覺不管是義大利料理或法國料理都不是很適合。雖然話是這麼說，要是選炸豬排或是大阪燒好像也不太對。就在我完全沒有想法，只能不停地在原地兜圈子的時候，壽司店出現了。至少在我們家，壽司無論何時都會是美味佳餚。

「那就決定去吃壽司吧！」

沒有人出現反對的聲音。我終於能從不想思考還硬要思考中解脫了。

然而，隨著按下紅綠燈，穿越人行道，越來越靠近壽司店之後，我的心情也跟著沉重了起來。

那間店感覺一點也沒有想要招攬客人的意思，也不知道是不是開始實施道路拓寬的關係，附近兩旁都是空地。

有種討厭的感覺。不對，這也是因為在今天這樣的日子，這樣的夜晚，才會讓我這麼覺得吧。說到底，我本來也就沒有食慾，家人能一起相處的時間也有限，還是快點找間店入座，好好休息一下。我想我們三人都是為了掩蓋這種討厭的感覺，才會勉強自己移步前往那間店吧。

壽司　金子。

木造建築的店鋪外，掛著一個看起來就很有壽司店風格的招牌，燈光從兩側的燈泡照射而來，除此之外什麼都沒有。

如果是有營業的餐飲店，應該會貼一兩個像是誠徵工作人員、宴會預約的介紹、營業時間、啤酒公司出錢贊助的海報、××商店會員證明等這類告示。但是這間店完全沒有。如果是高級料亭（註16）也就算了，但是一般會出現在鎮上小壽司店裡的元素，這裡卻是一個也沒有。

我打開了拉門。

只有吧檯座位的店內，一位客人也沒有。

「歡迎光臨。」

我們大概等了一會，一名像是老闆的男人才從吧檯後方探出頭來。他看起來很驚訝，似乎頗訝異會有客人上門。

「已經關店了嗎？」

「不，我們還有營業哦。」

註16　料亭：可以在包廂內享受傳統日本料理的高級餐廳。

現在回想起來，如果他當時是回答「今天已經關店了」還比較好。這樣一來，結局應該就會變成——「那也沒辦法了，只好就近找間家庭餐廳或其他店家吧。」

老實說，我們根本沒有必要去吃高級美食。只要三人一起圍在桌前，一邊談笑一邊吃飯，我想要的，就只是這樣的時間。但是我、母親還有父親，心裡都覺得好像應該要吃點什麼大餐才行。只是話雖這麼說，我們也無法積極地去思考快樂的事情。

直至不久前，一家人一起圍著桌子吃飯是件再普通不過的事，然而現在的我們卻辦不到了。其實我也不用想著如何「特別」，只要維持「普通」就好。但是那天晚上，我卻沒有意識到這件事情。

小鰭、鳥貝。

我們一開始想點的這兩個品項，都被告知今天已經沒了。

真不湊巧。在「沒了」的前面，至少加一句「真不湊巧」吧！鳥貝就算了，竟然連小鰭都沒有。

總而言之，這是一間很糟的壽司店。之後送上來的東西都讓我覺得，隨便一家迴轉壽司還比這裡好。

我放棄體諒老闆，轉而開口道。

「我看還有一點時間，我們要不要再去別家看看？」

這樣待著也只是在浪費父親外出的時間。

「這裡就好了。」

父親安靜地說道。

真是令人哀傷。這麼重要的夜晚竟然要在這種店裡度過。你知道今天是什麼日子嗎？我真想這樣怒嗆老闆。

家人間的最後晚餐，變成大家都在勉強擠出笑臉，但心裡卻是一點也笑不出來。

父親自從那天之後，吃的應該都是醫院的食物了。

高野豆腐不好吃嗎？

好像是耶，我可以想像得出來。

我幻想自己嘴裡咬著高野豆腐，從口中擴散出猶如汗臭般的湯汁。

【各位旅客，很抱歉耽誤您們的寶貴時間。原本停在K鎮車站的列車現在已重新發車。】

看來意外事故的現場處理已經結束了。

【各位旅客請注意，本列車將重新發車，請各位旅客握緊您的把手。】

伴隨著小小的震動，不久電車便開始動了。

隨著電車跨過鐵軌接縫處的聲音週期越來越短，原本暴躁的心也稍微舒緩了下來。

在那之後，我的手機就再也沒響過了。

沒事的，父親還活著。

計程車開到了T醫院的夜間入口前。

我在車子停下來以前，就先打開錢包做好準備了，卻在要付錢的時候一時心急，將零錢散落一地，真是愚蠢。

醫院內的寬敞大廳幾乎都已經熄燈了，四周非常昏暗。除了在綠色線上做出奔跑姿勢的逃生口標誌，以及角落的自動販賣機還散發著耀眼的燈光。

我來到寫著夜間櫃檯的警衛室小窗前，登記我的名字。

「那個，請問第二外科的芝山弘敏是在哪一號房呢？」

「很抱歉，我們這裡是不會知道病房資訊的。第二外科在六樓，請您乘坐電梯到護理站那裡去詢問他們吧。」

也是呢。看來我有點太心急了。

我接下入院小徽章，隨即便往住院電梯方向走去。三臺並列在一塊的電梯，只有其中一臺有在運作。

無聲的大廳裡，響起了「叮」的一聲通知聲，一位裝著點滴架的輪椅老人從電梯裡頭出來。在他膝蓋的毛毯上，放有一包香菸跟打火機。

電梯內一如往常，同時存在著酒精與野獸的臭味。我搭乘的電梯，沉重地爬升至早已習慣往返的六樓。

出了電梯之後，護理站就在眼前。我又再次填入姓名，確認了父親的病房號碼。

單人房就在走廊的盡頭。

我打開房門，單薄的藍色窗簾微微晃動了一下。接著我穿過門口的暖簾，走進病房內。

「俊和。」

「對不起我來晚了，電車在中途卡在一半。」

「還好你有趕上。現在病情似乎穩定下來了。」

父親躺在床上陷入沉睡，嘴巴上罩著透明面罩。

排在牆邊的機器上，顯示著脈搏、呼吸、體溫以及血壓。只有兩行的收縮壓數字，伴隨著細微聲響，時不時地在變化。

我伸手觸碰他的臉頰。

雖然父親閉著眼睛，一動也不動的，但我彷彿能感受到他傳達而來的體溫，感謝生命。仔細想想，打從我有意識起，就再也沒有摸過父親的臉。不只是臉，就連身體也要回溯到遙遠的小學時期。

不對。

是高中的時候。

在美髮學校開學前，他教了我如何拿美髮剪刀。

「聽好了，你先把無名指穿過剪刀孔，然後其他手指抵著這裡跟這裡，再拿著。」

「拇指不要放太多在剪刀柄內。」

我第一次拿在手中的剪刀，把柄十分滑順，讓人難以想像這是金屬。沒有任何一處有稜角，每根手指都可以自然地依附在上頭。

「然後你的手肘要像這樣。」

「手腕要盡量放軟一點，像這樣。沒錯，上下左右，不管剪刀面向哪個方向，都要讓它能流暢地動作。」

「梳子一開始要像這樣，然後……」

那時，我被父親觸碰的手指、手腕、手肘的記憶逐漸甦醒。這些事情，我過去都從未想起過。

對了，拋接球啊。

小時候我曾經羨慕過住在附近的小孩們，能和自己的父親玩拋接球遊戲。我的父親並不會陪我玩拋接球，因為一旦傷到了手指，父親就無法工作了。我們家從祖父那一代就是做理髮廳的，所以父親也從未跟祖父玩過拋接球遊戲。

「這就是我們的家業。如果我讓我的手指受傷，那我們一家人就沒有飯吃了。而且還會為那些十幾年都來剪髮的常客帶來困擾的。真的很抱歉，我沒有辦法陪你玩拋接球遊戲，希望你可以體諒我。」

當時父親這麼對我說道。那一刻，他看起來很孤單。

自從那次之後，我就再也沒有要求父親陪我玩拋接球遊戲了。儘管我會跟他要些書啊玩具或糖果之類的，唯獨拋接球遊戲，我不會拜託他。

原來是這樣啊。在我上了高中，第一次向父親學習怎麼使用美髮剪刀時，對於我們來說，那就是人生初次的拋接球遊戲了。

父親的枕頭旁邊，擺了一把美髮剪刀。那應該是出自母親的「趕快恢復健康，重拾剪刀加油哦」的願望吧。但是，那把剪刀有一小部分，長得跟一般剪刀不太一樣。

「媽，這把剪刀的刀柄有傷到耶，怎麼了嗎？」

這把要價十幾萬日圓的美髮剪，對父親來說就像他身體的一部分。他總是小心使用，保養方面也做得十分周到仔細。

「他工作的時候不小心把它弄到地上了，而且還是在同一天掉了兩次。我跟他結婚這四十年來，第一次看見他把剪刀弄掉。我問他怎麼了，他也只是回我，可能是一時發呆吧。」

或許那就是生病的徵兆吧。

我把手放在父親的肩上。

隨著呼吸緩緩起伏的肩膀都是骨頭。

在我觸碰著父親身體的同時，母親也把下午到現在發生的事情告訴了我。

「他就像平常一樣，一直抱怨這間醫院的高野豆腐很難吃。」

我又從母親那裡重聽一次，之前在話筒裡聽到的事。

你看。母親的視線投向父親的枕頭旁，那裡有一本筆談用的板子，上頭有一串很抖的字體寫著「高野豆腐，難吃」。

聽說那就是父親「**說的**」最後一句話。在母親把食物托盤放回走廊的推車，隨後再回到房內時，他人已經睡著了。

只是在晚上八點過後，護理師來量血壓的時候，發現父親身體有異狀，才知道原來他陷入了昏睡狀態。

醫生來了之後，沒過多久父親就被轉到單人病房，身上被裝上一些儀器，那些被稱之為生命徵象的脈搏、血壓、呼吸、體溫之類的監測資料，會隨時傳送到護理站那裡。

「那醫生是說了什麼？怎麼會那麼突然……」

「聽說有可能是癌細胞轉移到腦部了。只是不管原因是什麼，他們現在能做的事情好像也很有限。」

「所以意思是，他們能採取的措施就只有維持爸的生命狀態？」

「恐怕就是你說的那個意思吧。」

母親的聲音非常平靜。

「媽，我來了以後發現妳意外地冷靜呢。我原以為妳會再慌亂一點的。」

「我沒事。就算爸爸閉著眼睛，他還是活著呀。」

再過不久就不會是那樣了。母親也已經做好了覺悟。

母親要我坐到床鋪旁的摺疊椅上，我便順著她的意思坐下。接著我伸手握起父親的左手。從那隻手延伸出去的管子被我這麼一動，震到點滴隨即滴了一兩滴下來。

「爸，是我，我是俊和哦。媽也在旁邊哦。」

我盡量語調平穩地跟他說話，但還是沒有得到任何回應。

如果他有聽見，真希望他能回我一聲。雖然我在心裡祈禱了一下，隨即想起父親早就無法發出聲音的事。

就連最後的心靈出口，也已經被堵住了。

如果父親其實有意識也聽得見，那應該也不小心被他聽見，癌細胞可能轉移到腦部的事了吧。

剛才在擠滿乘客的電車裡所思考的事情，又再度跑回我的腦海裡。

這樣就好了，沒有什麼好隱藏，也沒有什麼好掩蓋的。不管是父親、母親還是我，我們都很清楚父親的壽命所剩無幾，其實只要三個人好好一起度過這個重要時刻就好了。

我不知道還剩下幾小時，或許父親還能活個三天也說不定。但是，肯定是連一個月都不到吧。總之，只要帶著坦率，懷抱著溫暖的心情，度過剩下的時間就好了。

「爸，你聽得見吧？」

沒有回應。

只有氧氣面罩的呼吸聲。

外頭傳來救護車逐漸靠近的嗚笛聲。

「你不用勉強自己回我。只是，我希望你能夠聽我說。」

我試著握了一下父親的手，但是他並沒有回握。

「我剛才遇到了高橋先生呢。你知道吧？我們店裡的客人，在隔壁鎮開文具店的那個人。」

「是啊，他遇到了那個高橋先生哦。」

母親跟著一起驚訝地說道。

「爸爸，是那個高橋先生啊。你知道吧？在你入院期間，他還是一直有來光顧哦。」

「高橋先生有說爸的技術很好哦，他說你很厲害，也說媽媽也是。聽到你們兩個都被稱讚，我也很開心呢。」

父親每呼一口氣，氧氣面罩便會出現一瞬間的白霧，我看了好多次。

或許父親有想嘗試跟我說些什麼吧。只是雖然想說話，聲音卻出不來。如果癌細胞真的轉移到腦部，那他可能也忘了自己沒有聲帶這件事情。

但是，我也不知道。

父親究竟是想說話？還是只是在呼吸？不管怎樣，我都無法知道。

「爸。」

我大聲地叫喚他。

「你放心吧，芝山理容院就交給我吧。我會跟媽媽一起，繼續經營下去的。」

父親的肩膀好像動了一下。他的呼吸也變大，鼓起了整個胸膛。

我知道此刻的母親驚訝地說不出話。

我看見床鋪的另一頭，有某個東西在動。

父親的右手手指，緩慢又微弱地彎了起來。無名指彎得比其他手指還來得明顯，小拇指則是幾乎保持伸直的狀態。

「媽。」

這次我是對著另一側的母親喊道。

「剪刀，妳把剪刀給爸，讓他拿著！」

母親也立刻領會到父親手比的意思。

她把放在枕頭旁的剪刀，輕輕地放在父親手上，再讓他的無名指穿過剪刀的把柄。

那把剪刀就躺在父親的手中，尖端留有一公分左右的開口。

血壓計的幫浦在運作，發出了聲音。

「爸，是剪刀哦。你手上現在拿的是剪刀哦。你知道嗎？爸？」

擺在牆邊的生命徵象顯示動了。在血壓的百位數欄位，原先還是空白的地方，此刻卻亮起了數字「1」。

父親為了闔上剪刀，嘗試地往手指出力。我和母親兩人都在一旁屏息以待地看著這一幕。

然而，他卻沒有成功闔上。

原先鼓起的胸膛也逐漸恢復原狀，氧氣罩上的霧氣曾一度蒙上大量白霧，等到白霧消散之後，父親就再也不動了。

當生命徵象上顯示的數字，變成同樣的數字後，警鈴也跟著響起。

「爸爸！」

母親大聲地喊道，她的聲音大到都要蓋過警鈴。

「親愛的，太好了呢。你聽到了吧？俊和好像要接下你的店了哦。你也不用再擔心了，真的太好了呢。」

走廊響起有人在奔跑的聲音，沒過多久，護理師便跑進了病房內。

母親也握著父親拿著剪刀的手，開始哭泣。

第五話

站在高架下的辰子

身為一個沒有化妝的二十九歲，接近快三十的女人。我目前的女子力可說是零到無極限。不、不如說已經是負數了。

我的頭髮大概是三天前有稍微洗一下，之後就隨意吹乾。睡眠不足、運動不足、疲勞疲憊。

肯定沒有任何一個男人，在路上遇到我時還會感到心動吧。

唉～不管是我的肉體還是靈魂，全都是為了工作而存在。

反正我的胸圍也跟爸爸一樣，束縛在身上的胸罩，就算沒有也幾乎不會覺得怎樣。上衣是直接套著被我穿舊的T恤，外層是鬆垮垮的運動衣，下半身再配上露出膝蓋的同款短褲。而且顏色還是老鼠灰。我記得這是在推車上拿的，一套含稅兩百四十九日圓。

我只有去便利商店才會走出家門，就算在櫃檯前，這三天裡我好像也沒有說過什麼話。不對，前天我在點關東煮的時候，說了蘿蔔、蛋、蒟蒻，這三個單字。

不過！

我終於完成截稿日要提交的東西！三十張實用書的插圖終於交出去了！

就和預定的時間一樣，我真厲害！可以按約定計畫去約會了。

於是，我也要開始從喪屍回到人類的例行程序。

我將浴缸放滿熱水，聽著入浴劑冒出泡泡的聲音。

住鄉下的奶奶是不是曾經說過，泡澡劑是「假牙清潔錠的放大版」啊？在冒出泡泡後，變成淡綠色的部分確實是有點像。

我泡在浴缸裡，把身體浸到肩膀處，接著閉起眼睛，想像自己變成了一副假牙。只不過，我並不懂假牙的心情。

我壞掉的人格，似乎正一點一滴地開始恢復。

約會前的沐浴，總給人一種像是在執行什麼神聖儀式的感覺。身體各處的感受也會比平時還來得敏銳。我今天晚上並沒有「**那個**」的打算，不過做為一個注重細節的女人，就得注意許多地方了。

第一次洗髮的泡沫有點糟，第二次的泡沫觸感就像奶油一樣。我很享受地去確認這些細微處，這也是我的一貫作業，我會一邊用蓮蓬頭沖洗我的頭和背部，一邊閉上眼睛，專心個一至兩分鐘。

當我睜開眼睛的時候，我的身心便會從工作截止日模式脫離出來。

真的就像是另一個人一樣，身體跟心靈都變得很輕盈。

我走出浴室，用浴巾包住身體。我的短髮只要用從美容院那裡拿來的商用吹風機，用力地給它吹一下，一下子就乾了。光是蒸發掉的水，就能讓我的心靈變得更輕鬆。

我把用完的浴巾裹成一坨，對著牆邊的籃子射了一記三分球，成功命中。

來到了這個階段，我就像是一隻被豢養在室內的狗狗一樣，一心只想趕快出去。

在我走向鏡子以前，先放了一首 Lady Gaga 的歌。我一邊看著鏡子，一邊更換手中的化妝用具，動作也自然而然地變得越來越俐落。當我化完妝的時候，整個背也跟著挺直了。

出門——啦。

嘿！我轉身離開無人的房內，神采煥發地關上大門，往車站方向前進。

從K車站沿著高架橋，徒步五分鐘左右，就能抵達小祥的工作室。

雖然那裡離車站很近，但如果是要開店，附近的人潮就顯得太少。做為自用住宅，又會離鐵軌的路線太近。不過也因為這樣，房租似乎滿便宜的。

在那區附近還有一所藝術大學，所以聽說其他便宜的物件，也被不少藝術家租下，拿來當工作室使用。

車站前的便利商店燈光，此時看起來格外明亮，叫人看得刺眼難耐。也不知道是不是因為這個緣故，從那裡望去，前往工作室的道路比實際感覺還要孤單、陰暗。

「我不可以讓我的心被填滿。只有不安定又會讓人感到孤獨的地方，才有利於我的創作。」

他曾經這麼說過，這就是他選擇這個地方的理由。

我穿過自行車停放處，沿著高架旁的小徑，在好幾間獨棟住宅及公寓大樓的昏暗後院走了一陣後，便看見高架橋底下，那座被朦朧燈光照耀著，宛如一個標記般的小小公園。公園的前面就是工作室，那裡原本是間美容院，現在已倒閉，小祥便以便宜的租金承租了下來。

我來到工作室前，看見燈光下，有具人偶隔著玻璃窗，面朝外地佇在那裡。

那是一個使用嬰兒背帶，抱著嬰兒的媽媽。

沒有值得一提的漂亮，也不是壞人的長相，就是一名很普通的母親。

在她前方的人偶，則是一名穿著西裝的中年上班族。

如果那個人偶身上穿的是體面的西裝，那這裡看起來或許會像是一間裁縫店的櫥窗展示櫃。但是他那一身穿舊的西裝樣，就像白天走在新橋，為了節省午餐錢，會去吃牛肉蓋飯來解決的爸爸。

他的作品一向都是拿普通人來當主題。不過只要仔細觀察，就會發現某些地方不太尋常。

略顯疲憊的爸爸，手指上夾著一個吉他的彈片。

他在放假的時候，會待在搖滾樂團裡彈奏吉他。年輕的時候曾經夢想成為一名職業音樂人。在他的西裝口袋裡，總是藏著一個小小彈片，也帶出了這名上班族打扮的爸爸，背後還有著另一面的他。

在我準備從包包裡拿出工作室的鑰匙前，我又再次看向了眼前的媽媽。

咦？手環？

紅黑色手環？

不，不對。這個人……

為了確定自己沒有看錯，我睜著眼睛看著同個地方好多次。

玻璃櫥窗內的媽媽，穿著一身淡粉紅色的開襟毛衣。從她隨意垂下的半邊衣袖中，露出了一截白色手腕。上頭顯現的紅黑色線，原來是蟹足腫。而且還有好幾條，那是割腕的傷痕。

這個人過去曾割了好幾次腕啊。

我的胸口突然感到一陣不適。

這才發現我屏住了呼吸，隨即吐出一大口氣。

「哎呀，晚安啊。」

我身後傳來一個懶洋洋的聲音。

我還以為是櫥窗內的媽媽開口說話了，不過聲音確實是從我背後傳來的，而且那聲音很低，像是男性的聲音。

「這人可真不簡單對吧？做出這些人偶的人。」

「請問……」

說話的人正站在公園路燈底下，一身女性的打扮。

大圓領襯衫外套加上駝色開襟毛衣，下半身是比膝上裙再長一點的裙子，腳上踩的則是低跟鞋……但他很明顯的就是一個男人。

「這名藝術家叫做高岡祥司。」

他說的人是小祥。

「我那時跟他說，竟然拿一般的阿姨來當作品主題，還真奇怪。結果他只是回我是嗎？這樣。那時候我都還沒發現呢。」

「您是說手腕上的傷痕嗎？」

「後來我又經過一次這裡，便認真地看了一下，才發現到她手上有割腕的痕跡。真的好厲害，太讓我震驚了。」

他應該是在稱讚小祥的作品。

正當我打算回些什麼時，頭上剛好駛來一班電車。

有好一陣子我們頭上都被轟隆隆的聲音所籠罩。

即使蓋過我們對話的噪音消失了，一開始就被打斷的話，便很難再說出口了。

「現在上行列車上應該已經很空了吧。」

手錶時間來到晚上十一點。

「您怎麼會知道現在電車人很少呢？」

「根據重量聲音也會不同啊。哐噹哐噹跟轟隆隆隆。」

他並不是用文字的擬聲來形容，而是盡量用聲音和表情來重現真實的情況。在他講出轟隆隆隆的地方，還將兩手握到腰部的高度，擺出震動的動作。

「您對電車還真了解。」

「只要聽一整天，不管是誰都會知道的。」

「您是住在這附近吧？」

他的答案又被電車的轟隆隆聲蓋過。

在巨大的聲響中，還摻雜著些許金屬聲在裡頭。是煞車聲嗎？

原本的「轟隆隆」變成了「隆隆隆——」，最後哐噹一聲停了下來。

「這班電車看來是擠滿了人呢。」

我指著高架說道。在這時間，載滿著工作結束回家的人，還有喝醉的人的電車，就在我們的正上方。

「妳看，一點也不難吧。」

戴著假髮，穿著一身女裝的他，露出了笑容。那是一頂茶色鮑伯短髮，瀏海下的眼睛看起來非常溫柔。只有耳朵部分稍微露出了原本的黑髮。

「看來是臨時停車呢。一般來說是不會停在這附近的。」

身穿女裝的男人像是突然想起什麼，只見他表情扭曲，一臉痛苦的模樣，隨後又重整表情，恢復成原本和緩的樣貌。

「您平常就是這身打扮嗎？」

「妳是說我女裝的部分？嗯，算是……吧。」

「這真的很少見呢。不對，我身邊也有會扮女裝的男性友人，我指的是像您這樣的類型。」

「我這樣？」

「應該說，男人只要打扮成女性的模樣，大部分都會比較誇張嗎？還是說性感呢？我覺得有很多人會比女人更著重在女性化的部分。」

「啊，確實有時會被這麼說呢。我不喜歡那種吸引男人的打扮，就算是女人，也有分很多種類型吧？打扮花枝招展的人其實沒那麼多，有那種語文系畢業論文選『徒然草』的人，也有的是單親媽媽為了養小孩，白天站在收銀檯前，晚上則是在食品工廠從事包裝工作那樣的人。」

雖然他這番話，聽起來也可以說是在調侃那些不起眼的人，但我倒覺得，這個人應該也是個溫柔的人，畢竟他自己也是一身樸素的打扮。

「就算是女人，正常來說也不會一天到晚都在那邊搔首弄姿吧？」

沒錯，就像他說的那樣。如果全部的女人也和打扮成女性的男人一樣，都穿著一身強調女人味的衣服，那這個世界肯定會變得很不得了。

各式各樣的香水味、不管轉向哪裡都會對到他人緊盯自己的視線、用著鑲有金線的指甲、梳順貼在臉頰旁的瀏海、眼睛邊緣畫上了比臉上任何一個地方還黑的睫毛膏、打在鼻梁上的高光、比原生眉還要細長的眉毛、三十丹尼（註17）的光澤絲襪和腳鍊。

腦中浮現的景象令人窒息，我差點就要被它吞噬了。

「妳想住在那種國家嗎？」

「容我婉拒。」

正當我從窒息當中，稍微喘口氣地露出微笑時，手機訊息聲跟著響起。是小祥。

「咦？該不會在這上面吧？」

我先故意說給那名男扮女裝的男人聽見，之後才回覆訊息。

「咦？在這上面？」

隔壁的車廂傳來女性的悲鳴。

接著突然來了一個急煞。我這節車廂在最前面，並沒有很擁擠，勉強還可以操

註17　丹尼：意指丹尼數（簡稱D數）是一種定長制的細度單位，即以一定長度的纖維重量作為依據，來推算其粗細的度量方式。

作手機。

車內廣播傳來低頻的噪音，好像是有人打開了麥克風。

【各位旅客，很抱歉耽誤您們的寶貴時間。現在K鎮鄰站發生了人員意外掉落軌道事件，故本列車暫時臨時停車。】

果然。

這種事很常發生。

什麼叫這種事很常發生？

等等，這是有人意外掉落軌道。就在我要下的車站——下一站K城鎮，現在搞不好有人死了啊。

我越過眼前乘客的肩膀，望向窗外景色。對岸的燈光，映在沿著鐵路奔流的河上。

有人意外掉落軌道已經是家常便飯。不過，乘坐這班電車的人之中，到底有多少人心裡想著有人死了呢？

乘坐電車的日常，人員掉落軌道的日常。

話說回來，我曾經把電車帶到日常生活中沒有電車的地方。

就在三年前，我在瀨戶內海島上舉辦的藝術節中，展示了以「擠滿乘客的電車」為題的裝置藝術創作。

那座島上沒有鐵軌，幾乎沒有人坐過擠滿人的電車。大概是在我為了創作，決定長期居留在島上後沒過多久的時候。那時運送車廂的貨船抵達島上，我才剛用起重機將電車卸下來，島上的人一聽聞消息，不到一會便紛紛聚集而來。

而那一天就成了首次有鐵道車廂，被載至沒有鐵軌島上的日子。這件事在地方新聞和報紙上都有報導，島上的村長簡直高興得不得了。也多虧如此，我留在島上這四個月的製作期和展示期，得以收到免費的蔬菜、魚，有時還會有肉等食材招待。

我將帶來的車廂，原封不動地放置在能俯視海面的公園中，再用人偶塞滿車廂，那就是我的作品。

裡頭有穿著西裝的上班族、學生、渾身酒味的老爺爺、一臉陰鬱的ＯＬ（註18）、長得像窮困的搞笑藝人樣的人、女子高中生、小混混、大胸部酒家女、拿著拐杖眼睛看不見的人、將寫有自己名字的布條斜掛在肩上的候選人、抱著小孩的

註18　ＯＬ：和製英語 Office Lady 的略稱，意指辦公室女職員。

母親、戴著誇張眼鏡，噴了一堆香水的女士、卿卿我我的情侶、超人力霸王、一身女裝打扮的三十歲男性、臉色很差的男人……

我真的是把我所能想像得到的人，全都塞進了裡面。

就像是乘坐一般電車的一般民眾，在電車內抹去他們本身的個性，成為一個擁有人類外型的東西，然後被裝進車廂內運走。而這些人們會在別的地方，各自做著像人類一樣的其他事情。在電車裡頭，大家都是占有同樣體積的「乘客」。

我嘗試在作品中，將那些「有人性」的人們，塞進一般會隱藏自己個性的地方。

來看我作品的人，會從開放的車門擠上滿是乘客的電車，體驗穿過乘客間的縫隙，靠自己的腳前往別的車門再下車。有很多地方會讓參觀的人與那些人偶的身體直接碰觸到。這就是我的展示方式。

裡頭也有像鬼屋那樣，會突然做出動作或叫出聲音的人偶。

我做了一個機關，如果把手放進女子高中生的裙底下，就會發出很大的拍照聲，門上的液晶螢幕就會照出那個人的樣子，然後播報電視地方新聞——「山花線站內逮捕到一名痴漢」。在兩個月的展示期間，上新聞的男性有二十八位，還包含了其他兩位女性。

酒家女身上我也有設機關，但是沒有任何一人有上新聞。

而此刻動彈不得的這輛電車，也就是我所搭乘的這班真正的電車，比那輛「擠滿乘客」的電車還要擁擠。

搭乘這班由十節車廂組成的電車，大約三千多名乘客，應該都聽到了剛才廣播中提到的「人員意外掉落軌道」這句話。

沉溺在智慧型手機裡的人、想著另一半的人、想上廁所的人、想著工作的人、酒喝太多忍著不要吐出來的人、擔心著眼前渾身酒氣的男人，會不會立刻吐出來的人、加班加到精疲力盡的人、認真聽著耳機裡音樂的人、被告知家人性命危急，正忙著趕往醫院的人、挨了上司一頓罵後，悶悶不樂的人，以及那些因為臨時停車時間可能會被拖很久，無法照原先計畫行動而感到急躁不已的人們。

我回想起那時在製作「擠滿乘客的電車」時，曾想過車廂內要塞進什麼樣的人偶。而現在的我也開始思考起，此時此刻沉默地搭乘同班電車的人們，剛才都在哪裡做了些什麼？等會又打算要幹麼呢？

電車差不多停了有十分鐘以上。於是我拿出胸前口袋中的手機。

〔又有人員意外掉落軌道害電車停下不動了。如果妳先到的話就先開門在裡頭等我吧！〕

我傳了一封簡短的訊息給沙也。她熬夜工作已經告了一段落，所以會來工作室找我。

她很快就回覆我的訊息。

〔我有提早出門，所以已經到了。你慢慢來沒關係，我在高架下的樓梯公園和一個有點奇特的大叔在聊天。〕

我的工作室正對著高架旁的一條小路，而那座小公園就在那個高架橋下。

〔你該不會就在我正上方的那班電車裡吧？〕

我再次望向窗外，一棟熟悉的電梯大樓映入眼簾。就和沙也說的一樣，我幾乎就在工作室的正上方。

〔這樣我們很近呢。如果你就在正上方的車廂裡，那我們的上下直線距離搞不好還不到十公尺。〕

沙也就在我正下方。

總覺得莫名開心，意外的事情也跟著拋之腦後。

「妳該不會是小祥的朋友吧？」

那名女裝打扮的男人說道。這個人也叫高岡祥司小祥啊。

「我是他的大學同學。」
「你們是戀愛關係？」
「嗯——您覺得呢？」
「啊，這樣啊。那我知道了，就是那個意思嘛，你們一定有關係。如果不是，一般都會極力否定地說『不是』或是『才不是那樣』之類的。所以至少對妳來說，妳是有想和他發展成戀愛關係的。」
真是敗給他了。
「那就請您當作是那樣吧。」
「我知道了，會在平日很晚來造訪藝術家工作室的女人。」
感覺他笑得很賊、很故意，我連他的名字都還不知道，就突然闖進我最重要的隱私部分，讓人有點不是滋味。
「我和他的生活都沒有在管平日還是假日的。」
「問題不是在這裡吧？算了，總而言之我是滿推薦小祥的，他可是個好男人哦。」
「該不會也是您喜歡的類型吧？」
「才不是那樣。」

「啊，您極力否定『才不是那樣』了。」
「哈哈哈。我不是指外表之類的，而是說他這個人啦。」
我認識小祥的時間比他還長，這部分我當然知道。
「妳也是藝術家啊。」
「不是，我是一名插畫家。」
「那就是畫家？所以不是藝術家？」
「藝術家是一種生活方式，插畫家則是一種職業。」
「哦？」眼前的他點點頭。
「所以妳，呃……我該怎麼稱呼妳？」
「我叫做沙也。」
眼前的男人告訴我，他叫做辰子。
「所以，沙也的生活方式並不是藝術家嘍？」
「不是呢……那辰子您是做什麼的呢？」
「硬要說的話，專門扮成女人的人吧。」
「您是在說您的生活方式吧？」
「嗯，或許是吧。」

我覺得，辰子是一個能聽懂我說什麼的人。

有滿多人面對「你是誰」這個問題時，會報上自己的公司名，再接著道出自己的名字。

可是大部分的藝術家為了混口飯吃，會去從事各種行業。像是便利商店的打工仔、拉麵店的店員、學校的行政人員、日式酒店的小姐等。然而，當他們被問及「你是做什麼」的時候，大概都會在心底回答，我是畫家、雕刻家、美術家或是藝術家吧。

只是因為太麻煩了，所以大多都只會回「我在便利商店工作」、「我是ＯＬ」這類回答。這問題不過也就如此，不論是問的那方還是回答的那方，兩者大概都不是很在乎。

辰子是怎麼生活的呢？

我心裡想著這點才察覺到。

當自己想嘗試去了解對方時，若不知道對方職業，好像會感覺哪裡不太對勁。就算對方簡述了自己的生活方式，也不會覺得自己就能因此了解對方。一旦對那個人產生了興趣，就無法不去確認對方的職業。

「那您是做什麼工作的？」

在我問完之後，我們之間多了一小段空檔時間，辰子的視線轉至空中，開始游移不定。

「在坡道途中有一塊空地，從那裡可以看得到海哦。」

辰子開始娓娓道出。

我小時候住在一個陡峭的斜坡上。

斜坡下方是鐵路，有江之電的車站，前方隔著一條馬路，面向一片廣闊大海。每當我和朋友玩到太陽西下，道別後帶著鬱悶的心情回家時，都會經過一塊不知何故，空了約有一棟房這麼大且雜草叢生的空地。只要站在那裡，就可以看見山丘底下的海。在天氣晴朗的傍晚時分，大海會泛著金色的光。

在那片光芒之中，會有帆船朝著江之島緩緩回航。我時常在想，那艘帆船裡乘坐的會是怎樣的人呢？不過我也只是想想，因為我也沒有任何方式可以確認。

我住的地方明明離海很近，但是自從我上小學之後，我父母便不再帶我去海邊玩了。

他們的關係很差，家裡面總是充滿著不愉快的氣氛。

有幾間房間的門，要麼是避免發出聲音那樣輕輕被打開，要麼是宣洩焦躁般，發出很大的聲音後，再被用力地關上。

在門被用力關上後，位於斜坡上的兩層獨棟住家，就會變得出奇地安靜。

不是母親的啜泣聲會在不久後跟著響起，就是父親書房裡會傳出很大聲的交響樂，大概就是這兩者其中之一。搞不好其實母親每次都有發出抽噎聲，只是被父親的交響樂給蓋過了也說不定。

我從未有過三人一同前往海邊，度過愉快夏天的回憶。

在我小四暑假即將結束的時候，母親難得主動約我，並帶我一起去了海邊。

「小辰，要不要去海邊？」

我開心到簡直想一口氣衝下斜坡。

我們來到海邊之後，才發現這裡的夏天已經差不多結束了。附近的店家有一半出入口都被葦簾蓋住，幾乎都關了。

母親向其中一間還有營業的店家，借了一張海灘墊。那是一間有著淡藍色油漆彩繪外觀的海灘小屋。店員是一名皮膚晒得黝黑的年輕男子，看來顧店的只有他。他一臉不悅地遞給我們一張海灘墊，那張墊子似乎用了一整個夏天，上頭還有被香菸燒焦的痕跡。

在人們的認知中，夏天已經結束了。這張海灘墊大概在下星期，就會被當成垃圾丟掉了吧。

海風很大，波浪以很短的間隔襲來。一對情侶正在岸邊開心地打鬧著。不知是哪家的海灘小屋，播放著東京的FM電臺，首都高速公路的交流道名字從海浪聲中，傳到了我的耳裡。

我和母親鋪好海灘墊後，便一起坐在上頭，喝著從小小的保冷箱裡拿出來的可樂。

因為天氣和煦，所以外頭一點也不熱，但母親還是很快地把身上的帽T及短褲脫掉，最後只剩下泳衣。

這是我第一次看見母親穿比基尼。我在電視或是海報上，看過年輕女性的泳裝模樣，只是我從未想過母親也會穿成那樣。我覺得身材纖細的她，很適合那件小小的泳衣。

走在海邊的人們，用著不輸給海浪的大音量一邊交談，一邊從旁經過。

從稻村崎的方向，迎面走來三名年輕男子。他們在看見母親之後，有一瞬間對話中斷，後來從我們眼前走過時，又回頭瞥了母親一眼。

「要不要吃冰？」

「嗯。」

海風有點強，天氣有點冷，實在不是一個適合吃冰的日子，這已經不是夏天了。但是我對暑假和家人一起去海水浴場，喝著可樂吃著冰淇淋這件事，有著莫名的憧憬。無法在繪圖日記裡寫進海水浴場的事，總讓人覺得有些寂寞。我也有把這件事情告訴我的父母。

「那你等我一下。」

母親站起身，往剛才租借海灘墊的海邊小屋方向走去。我就在原地目送她的背影離開。

海鷗逆著風低空掠過，牠的前方高空處有一隻老鷹。

要是我也能飛就好了，我心裡這麼想著。只是這想法太過幼稚，就連身為小孩子的我，也不免感到有些羞愧。

我呆呆地抬頭看著飛行中的老鷹，感覺時間已經過了好久，但是去買冰淇淋的母親卻一直沒有回來。

我回頭一看，母親還在海邊小屋。

她正在和店裡的那個男人開心地交談著，時不時還會彎腰大笑。我很久沒看見母親笑得這麼開心了。在我的昔日記憶中，曾經看過她這個開心的笑容，只是我已經想不起來是在什麼時候了。而如今這個笑容，在我們家也已不復見。

母親感覺到我正在看她，這才想起什麼似的，又變回了她原本黯淡的表情。

此刻的海邊小屋男才終於開始低頭作業，將粉紅色的冰淇淋裝進茶色的甜筒中。

「抱歉小辰，讓你久等了。」

母親小跑步回來，將草莓冰淇淋遞給了我。

老鷹不知什麼時候不見了。

我和母親抱著膝蓋坐在海邊，一邊看著海面一邊吃著冰淇淋。

冰淇淋受到溫熱海風的強力吹拂下，在我的手中轉眼間融化，我急忙舔著冰淇淋，最後還是來不及，啪噠啪噠地滴在沙灘上，弄出了一坨黏稠的糊狀物，氾濫一地。母親倒是靈巧地使用舌頭舔掉甜筒周圍的冰淇淋，所以冰淇淋一滴都沒有掉到沙灘上。

「變冷了呢。」

我用這句話代替想回去的心情。

「沒有啊，那裡不是有出來一點陽光嗎？」

母親指著大海道。只見雲層間透出些許遲來的午後太陽，照耀著海面。

那裡也有一艘帆船，在光芒中乘著風往江之島的方向行進。比我在山坡空地上所望去的帆船還要大，還要快。當下我感覺到自己耳邊有風拂過，這才第一次相信，帆船真的是被風吹著移動的。

沒過多久，雲層縫隙便開始移動，當我的肩膀被太陽照射到的時候，突然有種被小小火苗燒到的感覺，刺痛且灼熱。一定是因為光是細小的粒子，聚成一束地照射在我肩上的關係。

母親的側臉在陽光照射下雖然很漂亮，看起來卻有種寂寞的感覺。被光照得閃閃發亮的頭髮隨風搖擺，時不時沾上臉頰，在意的母親便會用那雙塗有豔麗淡桃紅色指甲油的手，順著頭髮按住它。

「風變大了呢。」

不知道是不是討厭頭髮被弄亂，只見母親從化妝包中，拿出一個琥珀色的髮圈，把頭髮往後綁。

就在這個時候，我看見母親的泳衣肩帶偏移了原本的位置。

上頭露出了淡淡的晒痕。

雖然母親的肌膚原本就很白，但是在肩帶遮蔽下的肌膚感覺又更白了，剛好就跟肩帶大小差不多，實在很難看出那是晒痕。

我們從來就沒有一家人一起去海邊或是泳池，我也沒聽說過母親有跟誰去游泳過。（那個時候的我以為，海邊和泳池那類地方，是為了讓小孩開心才去的。）

總而言之，母親在這個夏天，在我們都不知道的某天，不知道的某地，穿了同一件泳衣。

「妳不冷嗎？應該穿個什麼的。」

我看母親的肩膀有些僵硬，便有點故意地說道。因為我總覺得她在硬撐，刻意地想裸露自己的肌膚。

「我沒關係的。難得來海邊，穿上去不就太可惜了嗎？」

才不是久違。這個人最近才在某處穿著泳衣，還晒了太陽。

光坐在海灘墊上一點也不好玩。

所以我決定去海裡，便把身上的T恤脫掉，站了起來。

「很危險，不可以去太遠的地方。」

我沒有回話地直奔岸邊。

沙子在有水的地方突然變硬，讓我的腳底也湧上踩著大地的實感，周圍還不時冒出許多泡泡。有時大一點的浪湧上，淹過我的膝蓋時，就有種動彈不得的感覺。

而當海浪一退，腳下的沙子連帶被帶走，站的地方也跟著變得岌岌可危。

和海浪玩耍遠比坐著還要有趣許多。

我面向碎浪，把頭潛進水裡，等到波浪通過時，再把頭抬起來。就在我一直重複著這樣的動作好幾次後，腳下的沙了也漸漸不見。

雖然玩得開心，但很快的我也開始感到害怕。還是回去吧，海浪實在太大，我根本不是它的對手。

我轉向海灘方向，大約在水深及腰的時候停止了游泳動作，站了起來。往母親的所在地望去，那裡有兩名男子正在和她說話。

我盡量放慢腳步地靠近他們，希望母親能在中途就注意到我，但是她始終沉浸在她的對話中。

「什麼嘛，原來還有個拖油瓶啊。」

那兩名男子不知何時發現到我，隨即離開。

「真是沒禮貌。」

母親的表情和她說的話相反，一點也沒有生氣的神色，看起來反而還有點開心。

太陽逐漸西沉，世界已經變成了一片金色。

「差不多該回去了吧？」

「也是，因為這樣子也晒不黑了嘛。」

我偷偷窺視母親的表情，她卻一點也不在意我說的話。

「今天的繪圖日記就決定是海水浴場了呢。」

母親是因為記得我曾經抱怨過，暑假日記裡都無法寫海水浴場的事，所以才帶我來海邊的嗎？

我回到家後沖了澡，看著自己身上出現的淡淡晒痕，讓我想起了母親那錯位的泳衣肩帶。

當天的晚餐是麵線。父親表示燒茄子很好吃，但是對一個小孩子來說，實在是不懂燒茄子到底哪裡好吃。

「我也沒晒多久太陽，竟然會變成這樣。」

母親把夏季針織衫的領口拉開，故意讓父親看見她的泳衣晒痕。

「我記得房子蓋好剛搬來那陣子，我們很常去海邊呢。」

父親的語氣就像在說遙遠的過去。

「明明是因為離海邊很近才選擇這裡的。」

「那時候真的很快樂呢。」

他的表情一點也沒有開心的樣子。

「是啊。」

母親起身，開始收拾桌上的碗盤。

「您的母親有隱藏一些事呢。」

聽見我說的話，辰子也緩緩地點頭。

他的瞳孔微顫，頻頻掀動嘴角，彷彿現在就想說些什麼。

「三個月後，我從學校回來，原本一直待在家裡的母親卻不見了。在那之後，她就再也沒有回來過了。

我們家附近有一些愛說閒話的人，就說他們在江之島，看見母親坐上人家的帆船好幾次。雖然我是覺得，母親不太可能會把自己在外跟別人交往的事和其他人說，但那個傳言會是真的嗎？還是說，也有可能只是不喜歡母親的人，把子虛烏有的事到處亂傳罷了？

但是不管真相為何，聽到別人這麼說還是會很在意。

每當我在學校課業結束，返回空無一人的家中時，很常會經過那片空地，看見海上的帆船。自從母親的那件事之後，我便時常在那裡想起她。

我曾經嘗試徒步走去江之島。就算是小孩子的腳程，單程過去也只要四十分鐘即可到達。帆船停泊處一看就知道，但是帆船的數量實在太多，我只能茫然地站在一旁看著。後來我決定，只要感覺裡頭會有女人的帆船就上前去看看，搞不好能因此找到母親，我當時心裡是這麼想的。

但是，我待在那裡近一個小時左右的時間，只要發現任何一個遠看長得像母親的人，我就會心跳加速、緊張到不行。如果那真是母親我該怎麼辦？她身邊有男人的話我該怎麼辦？明明是為了找她才去那裡，卻怕她真的在那裡該怎麼辦？所以我只好在心裡祈禱，希望她不會出現。

至於我的父親，他原本就是個不多話的人，因為這件事，整個人又變得鬱鬱寡歡，話也越來越少。

原本以為他會一直這樣，結果突然之間，他又表現得很有精神，還跟我開了很多玩笑。或許是覺得自己必須要安撫一下孩子吧。只是他本身也是一個笨拙的人，根本不知道小孩子會喜歡什麼，畢竟他之前就是把照顧小孩的責任全都丟給了母親。大概就是土產會選擇買一盒壽司而不是一盒蛋糕給小孩那種感覺。雖然我是滿喜歡壽司的啦。

大約過了一個多月左右吧？剛好在天氣突然轉冷的那陣子，我一回到家，便發現父親在家喝酒，沒有去上班。

那天之後，他的情況就越來越糟，最後連公司也不太去了。

我那時想著，他好像沒什麼精神一直在發呆，結果下一秒就突然暴怒，毆打了自己的兒子。我也不知道自己為什麼被打，總而言之就是非常害怕。

我有好幾次嘗試離家出走，但每次都無處可去，最後肚子餓了沒有辦法，只好又再回去。

很沒骨氣對吧？肚子一餓就回去，像個小孩一樣。不過我那時也確實只是個孩子。

實在是沒有什麼頑強的求生意志，可以去做到騙吃騙喝，或是聰明地攀附在他人身上，還是去翻垃圾桶之類的。

後來，從海上看見空地的雜草被除去，上頭還蓋了新的房子，不管是帆船還是江之島都再也看不到了……

不過我也漸漸開始習慣母親不在的日子就是了……」

他突然欲言又止，像是想起了什麼痛苦的事。

在一陣沉默之後，原先一臉痛苦地低著頭的辰子，似乎在視野內發現了什麼東西。

「人都快等得不耐煩了。」

只見辰子稍稍抬起下巴，我便隨著他的視線望去，看見小祥正往我們的方向走來。

我見狀也鬆了一口氣，不自覺地露出笑容。

「嘿。」他發現我轉頭，也輕輕地抬起手，笑著說道。

「受不了，電車完全無法動彈，抱歉讓妳等這麼久。」

「沒事的，我也在聽辰子的故事。」

「哦哦，今天是辰子呀。」

「是的，沒錯。」

原本還很痛苦的辰子，此刻就像是附身的惡靈被驅除般，恢復了他柔和的表情。

「今天？所以平常不一樣嗎？」

「啊，這個人的本名叫做龍三，飛龍的龍，數字的三。男扮女裝的時候就從名字裡，取了一個對應的字當藝名——辰子。雖然一般來說，應該都會取個性感一點的名字才對。」

記得辰子曾經說過，自己討厭刻意去勾引男人。

「總覺得我好像打擾到了你們啊，我還是先告辭吧。」

「幹麼這麼說……您現在還有電車回去嗎？」

「我住的地方很近，不用您擔心。」

「走嘍。」我還來不及攔住他，辰子便揮揮手地朝車站方向離去。

【末班車的神明大人，只要我坐上去，那就是末班電車～

不管是任何電車，那都會是最後的末班電車～

末班車的神明大人，只要我坐上去，那就是最後終點～

這就是人生～無法繼續下去的盡頭～】

辰子走在高架橋下，哼著我從未聽過，而且感覺還有點不吉利的歌，慢慢地遠去。

只見他奮力地甩動雙臂，像是要刻意表達自己走得很快一般。他那步伐與其說是很有精神，倒不如說是假裝自己很有精神的感覺。

「真是奇怪的歌。」

等到辰子背影消失在陰暗的小路後，我便開口向小祥說道。

「小祥，我剛才聽到了一個很不得了的故事。」

我把從辰子那裡聽來的少年時代故事，大致說個梗概。

在我敘述的這段期間，小祥便在一旁靜靜地聽著。

「說到龍三先生，他好像是出生在鎌倉的一個不錯的家庭，不過現在就住在那條河沿岸的一間簡易的出租旅館裡。我曾經問過他，為什麼要住在這裡，結果他就回我：『因為離上班的地方很近，所以就住了。』我接著問他是從事什麼樣的工作，妳猜他回我什麼？脫衣舞秀。」

「不會吧？應該不是辰子自己脫吧？」

「我也問了一樣的事，他也是說怎麼可能啦。當然不是他脫。」

下行電車此刻通過上頭，中斷了我們的對話。哐隆哐隆——聲音聽起來很沉重。這時間的話，應該是末班車了吧。許多工作的、讀書的、約會的、喝醉的人們，通通都等到這時候，擠上了沙丁魚電車。

「河的對岸有一間脫衣舞劇場，大概在兩年前被拆掉，現在已經沒有了。聽說脫衣舞劇場會在舞孃表演間，穿插短劇的表演，他就是在寫那些短劇的段子。在那之前他好像是演出短劇的那方，也就是搞笑藝人啦。他和搭檔一起扮女裝，組成一個團體，就叫做『凡爾賽』。辰子的藝名就叫做凡爾賽·辰子，他的搭檔就叫凡爾賽·律子。當時很有人氣，他們好像有在演藝廳裡表演，還上過電視呢。剛才他唱的歌，據說就是當時短劇的主題曲。」

「既然那麼厲害，那為何會淪落到脫衣舞劇場呢？」

「他的搭檔好像因為毒品被抓，導致後來工作全都沒了。不過，事務所的人依然認為他的段子寫得很有趣，希望他能幫忙為年輕後輩寫一些段子。因緣際會下，他便成為了一名短劇作家。我問過那些後輩的名字，有好幾個後來都成了知名搞笑藝人。聽說好像有很多人都是靠著龍三先生的段子而竄紅的。」

「哦？」

我聽著小祥這麼說道，腦中想起辰子看著人的眼神，有種很溫柔的感覺。原來他在這類工作上也是一個很有才華的人。

「據說四年後，他在報紙上，看見了他那聯絡不上的搭檔名字。那篇報導寫說，他是毒品再犯不能緩刑，因此被判刑入獄。他很難過——不對，他是說了覺得很可悲。還說了為什麼他會變成這樣，真想抓起他的衣領揍他一頓。」

「我也陷入低潮，精神變得不是很穩定，最後根本寫不出段子來。不對，是有寫但是沒人喜歡。為什麼沒人喜歡？該怎麼做才會有人喜歡？我也完全不知道。沒過多久，我就被事務所給炒了，後來就淪落到脫衣舞劇團。

所謂的脫衣舞劇團，不就是去看女人裸體的地方嗎？反正短劇這種東西也只是附加的，沒有人是為了想笑而來。當我這麼一想，心情反而輕鬆了許多。反正就是自暴自棄嘛。

這裡和電視上或是演藝廳不同，不會有這樣不行或是那樣不行的規定。不管是色情、獵奇還是政治家的壞話通通可行，只要你想寫什麼都可以寫。

到底我至今為止的一切是為了什麼？原以為我是自由的，這才發現自己已經被束縛了好久。

後來該說是如魚得水嗎？我終於也能寫出有趣的段子了。

只是同樣的，我也不再是鎂光燈下的焦點。我不會在電視上造成話題，也不會有一堆粉絲，在公演結束後，站在劇場後門外列隊等我。

大家的目的是為了脫衣舞，為了看裸體而來的。

不過啊，讓那些不是專程為此而來的客人看短劇，再逗得他們哈哈大笑，會讓人很有快感啊，會有種辦到了的感覺。

像那些來看感動電影的客人，一開始就是為了要哭吧？如果是動作片，不都是為了追求和主角一起遭遇危難，最後再來收拾那些敵人的快感嗎？

雖然我也不知道原因為何，但是那些來看脫衣舞的客人當中，不太會有看起來幸福的傢伙。

硬要說的話，就是那種覺得人生一點也不快樂，繼續工作也賺不到什麼錢，夢想發大財結果就跑去賭馬，最後連隔天的餐費都賠光的人。或是抱持著還有三天退休金就會匯進來，所以這個月有點閒錢，乾脆去看個脫衣舞吧，這樣的想法。也因為如此，才會有很多人，明明是來享受娛樂，卻不知為何皺起眉頭，感覺心情很差。

那種年收三千萬日圓又財富自由的人，不可能上個星期才在法國私廚餐廳吃飯，今天就為了轉換心情而跑來看脫衣舞秀。用百圓商店的馬克杯喝雀巢咖啡的人會來這裡，但是用 Wedgwood 的杯子，裝著 Fortnum & Mason 大吉嶺紅茶品嘗的人，就絕對不會出現在這邊。

客人的目的是為了色。

對他們來說，光是舞臺上出現男性就已經夠礙眼了吧。『趕快把人拉下去、讓女人出來！』大概是這種感覺。

明明是這樣。

明明是這樣。

明明是這樣，但他們還是笑了。那群人因為我的梗而笑了。

他們眉間的皺紋消失，發自內心地笑了出來，看著還以為是別人呢。這種脫衣舞秀，站得太遠就沒有意義了，所以基本上都會是小劇場，進去頂多也就三十人左右。從舞臺往下望去，可以看見所有人的臉。而我所寫的短劇，真的讓在場所有人都轉為開心的表情。

當我發現到的時候，真心覺得還好我有做這份工作。這才是我真正想做的事，也想就這麼一直做下去。」

龍三先生說到這裡，便點起了一根香菸。我大概能感受到，接下來的故事要進入難過的部分了。

像是要讓煙進入肺部一般，只見他緩緩地吸入，再緩緩地吐出。

「偏偏在這個時候，應該在監獄裡服刑的律子出現了。大概是在早場結束，快要到晚場開演前的時候。也不知道他是怎麼找到我的，人就這樣突然來到了劇場。

我嚇了一跳。自己沒告訴我聯絡方式就消失，然後再突然出現在我眼前，真的很混蛋吧。

他說他最近剛出獄。

那頭髮短得不像話，看起來老了也瘦了。

他向我低頭道歉很多事，還說有件事希望我能幫他。

我記得當時他說了很多，像是他會染上毒品的理由、老婆怎麼樣了，還有因為是關照他的人介紹，所以無法拒絕之類的。

我幾乎都沒有聽進去，打從一開始就沒有想要聽。我一直在思索如何拒絕他，滿腦子想的都是自己該在什麼時機點，對他說什麼話。

我遭遇了很多苦難，一個人生活、一個人苟延殘喘地活了下來，好不容易終於在這裡找到了自己的容身之處。

如果我不小心聽了他的故事，你說，我不就很有可能會被他情緒勒索嗎？別開玩笑了。如果真的變成那樣，那我會很困擾的。我現在很幸福，我終於覺得自己現在做的事情就是我的天職。

不管對方是我的搭檔還是任何人，我都不想再被誰改變我的人生。

那傢伙說，他想再跟我組一次搭檔，一起演出短劇。

我心裡也覺得他會這麼說。

我一句話都沒有回，只有那傢伙自己單方面自顧自地說話。我沒有把他的話聽進去，也沒有說自己的事情。事到如今，我也不想和他互相了解，要是我理解了他，很有可能就會陷入迷惘。

我一路走來跌跌撞撞，現在好不容易終於走到了這裡。

『滾回去，別再來找我了。』

我只說了這麼一句話。
『為什麼啊？小龍。』
那傢伙盯著我說道，但我沒有回他任何一句話。
『滾回去。』
我就只有回他這樣。」
聽完小祥的這番話，我的內心就像被人裝進一袋沙包般沉重。
「這讓人很難受呢。」
「嗯，真的很難受。」
小祥頻頻搖了好幾次頭。高架橋下一直很安靜，已經沒有電車通過了。
「話說回來，我有問過辰子他是做什麼的。結果他完全沒有跟我提到工作，一直跟我說他小時候的事。」
「我聽他說脫衣舞劇場的短劇故事時，也是從他小時候開始聽起的。」
「原來是這樣。搞不好他是打算把遇到天職前，自己的生活方式跟工作結合之前的過程，全都告訴我吧。」
「所以，他的搭檔後來怎麼樣了？被辰子趕走之後，跑去跟其他人組搭檔了嗎？」

「他的搭檔凡爾賽‧律子，在被龍三先生趕跑後，就選在一班急行電車通過那邊的車站時，跳了下去。」

「呃……什麼啊。你說的車站，是指K鎮車站嗎？」

怎麼會……

我的胸口一陣鬱悶，喉嚨也被堵住無法好好呼吸。眼前的小祥，緊緊地咬著牙，太陽穴的青筋還隱隱跳動著。

「連續遇到兩次親近的人死去，確實也會不想活吧。」

兩次？死去？

「兩次是什麼……你說的兩次是怎麼回事？」

我轉向小祥，激動地像是在質問他一樣。

「這樣啊……原來妳還沒聽到這部分。」

「什麼叫還沒聽到這部分？」

「龍三先生，在離開鎌倉的家之後，就一直住在機構裡。」

「機構？」

「兒少安置機構。他的父親在江之電的車站跳軌自殺，他就變成一個人了。」

等等，我沒有聽他說這一段啊。

「什麼啊？你不要鬧喔。為什麼？為什麼大家都死了啊？你不是在跟我開玩笑吧？拜託別鬧了。」

我握緊雙拳。

明明想搥些什麼，卻只是緊緊握著，不停地顫抖。

「因此他才說，他想讓大家笑。正因為出生在一個沒有笑容的家庭，才會更喜歡看人家笑。所以他離開安置機構後，就去拜師學藝，學習怎麼搞笑。」

高架橋下很安靜。

這股寧靜，彷彿要鑽進我的頭蓋骨隙縫。

現在我真希望電車能經過，用它那吵到不行的轟隆聲，把我的腦漿攪亂一下。

為何在這種時候，卻沒有電車通過呢？

儘管心裡這麼希望，但是到明天早上以前，都不會有電車行駛。

「是說還滿常有人掉落軌道的呢。」

「是啊。」

「那個，沙也。」

小祥小聲地喚了我的名字。

「怎麼了？」

「妳可不要比我先死喔。」

「嗯？等等，你在說什麼啦。

這種要求也太任性了。

那才是我要說的臺詞吧。別開玩笑了。

聽好了？你給我好好記著。我絕——對，會比你先死的。」

我握緊拳頭，發自內心地朝他身上揍去。

「我要把你當成沙包。」

住手。我說住手啦。喂！停哦。住——手——啦。會吵到附近鄰居啦。

小祥的聲音迴盪在高架橋下。

無人經過的路燈下，只有一隻野貓一直盯著我們。

第六話

紅色的繪圖用具

「喂，妳沒有朋友吧？」

富田弘道特地走到我面前，只丟下這麼一句話，人就走了。有一群男生總是聚在教室後面，他是那群男生團體裡的其中一人——負責**跑腿的**。

對他們來說，沒有朋友就好像是矮人一截。

「我又不需要朋友。」

我一開始有回嘴，在那之後大概又回了兩次。

死鴨子嘴硬。我才沒有嘴硬。面對這種幼稚的爭論，我很快就感到厭煩。都已經是高中生了，真的有夠無聊。

說到底，班上沒有任何一位是我會想要跟他成為朋友的人。就算跟他們聊天也不會感到開心吧。當然，我也沒有那種心情跟他們放學一起回家，甚至特別相約假日要一起去哪裡。比起當朋友，這裡多的是那種不當朋友還比較令人安心的類型。為什麼我非得要覺得，自己需要有朋友呢？

不管是他還是其他人，只要是待在學校的期間，大家都會忙著去確認彼此的朋友關係，就算回到家中，也是二十四小時用手機聯繫友誼。我想這對他們來說，是個至關重要的課題吧。一定是的。所以在他們的眼裡看來，沒有朋友卻依舊覺得稀鬆平常的我，肯定是個討厭的存在。

可是對我來說，他們並不是我的朋友。

如果他們不把我當朋友來看，那就拜託，真的不用特地跑來煩我。

午休時間，我很常待在樓梯轉角處，往下俯視著操場。

就像小時候觀察沙坑裡成群的螞蟻那樣，看著一個個團體移動，一點也不會膩。

我絕對不會去做那種互相給對方看便當菜色的事。我也不知道當前偶像的名字，更想不到有什麼話題，會讓我想和那群女孩子聊天。

一個人安靜地吃著自己做的便當，再到樓梯間的轉角處看著外頭，對我來說才是最開心的事。

我聽到有人故意在我背後竊竊私語的聲音。

「她便當的配菜又是德式香腸。」

「她從星期一開始連續三天都是同一道配菜。」

「她的香腸一定是摻有魚肉跟澱粉那種最便宜的香腸。」

「啊哈哈，哈哈哈，哈哈哈。」

特別強調子音的竊竊私語，最後又轉為笑聲中帶著強烈的母音。避開麻煩的交友，有時候也會帶來其他麻煩的事情。

像是鉛筆盒被人藏起來、上課中有人朝我丟小塊的橡皮擦、室內鞋被人藏到別處，最後只好一人光著腳上課等等……

不知道是不是因為我沒有大吵大鬧又一臉若無其事的樣子，讓他們誤以為我是個膽小的女生，導致這些惡作劇後來變得越來越過分。不過儘管如此，我還是沒有特別向他們抗議。

而是選擇拿橡膠做成的假蟑螂，放了好幾隻在他們的鞋櫃裡，讓他們打開時就會跟著噴飛出來。也因為我回擊了那些惡作劇，這些同學間的惡意行為也就跟著停止了。

我只有因為室內鞋的事情，有向班導做過類似打小報告的動作。那時班導看見我光著腳走在走廊上，就問我發生了什麼事。我便回答他：「有人對我惡作劇，所以我的室內鞋不見了。」我也知道做這件事的人是富田，所以當班導問我知不知道是誰做時，我毫不猶豫地就說出了他的名字。

其實在學校並不會讓我特別痛苦，但也不會感到多麼開心。硬要說的話，我只覺得愚蠢沒有意義。

我在課堂上，大多都在筆記本上畫畫。也因為這樣，我每次都會打開兩本筆記本。即使沒有聽老師講課，我也有自信能夠拿到還不錯的成績。畢竟老師上課講的話，教科書裡面其實都有寫。

我家附近有一座大公園，聽說以前似乎是某財閥名人的家。天氣好的時候，我就會出門去那裡畫畫。

公園門口有一間叫做宇宙堂的美術社。難道在公園旁邊賣些寫生簿或是繪畫的用具，大家就會跑去畫畫了嗎？在那裡，有好多老人抱著專業的畫具，各自走到他們心儀的地點，打開自己出錢買的椅子跟畫架，開始畫畫。

不知道是出於什麼樣的理由，那些老人都會穿著擁有很多口袋的背心。就像在BS廣播電視臺裡，飾演面帶微笑的用戶說著：「只要喝了這個保健食品一個月，就能消除疼痛，不用拐杖走路。」的「實際案例」壯年演員所穿的那種背心。他們的胸前還會附上一個小字，寫著「個人感想」。

那群人很喜歡畫樹林對面有摩天大樓的畫。

我一開始也是選擇畫公園的風景。

其中一名老人還跑來偷看我的畫，在我得到許多稱讚之後，也畫膩了風景，後來就幻想畫一些眼前沒有的東西。有幾名路人在經過我時，會偷看我的寫生簿，不過最後都會歪著頭不解地離去。

我自己也有一些新的發現。

我買了顏色混濁的粉蠟筆，如果只用那個顏色畫世界，心情就會逐漸轉為憂鬱。甚至會讓人開始覺得，啊——如果就這麼死去，好像也不錯。

當我發現到這件事時，我那調皮的內心，也開始了一場實驗。

藉由描繪陰鬱的畫作，讓自己的心越來越黑暗，而內心黑暗的自己，又會畫出什麼樣的東西呢？從內心到畫作，再從畫作到內心。我一直持續不斷地嘗試再修正。我打算使用自己的精神跟肉體，來試試看這個想法。

沒過多久我便發現，透過繪畫可以控制我自己的情緒。

畫開心的畫就能感到開心，畫悲傷的畫就會感到難過。要是把憤怒灌進畫作裡，內心就會湧現一股怒氣，彷彿隨時都要爆發了一樣。

透過不斷地擠壓內心而感到的快樂，會使心情越來越高揚。之前從未畫過的主題，也就能畫得出了。我只要讓自己沉浸在悲傷及痛苦中，再去嘗試畫那樣的畫，那無處宣洩的不安與哀傷就會壓過自己，並在圖畫紙上自動顯現黏糊糊又黑漆漆、沒有固定形狀的抽象圖形。

我很訝異。

是自己又不是自己。那個我所不知道的自己，出現在我內心當中，成為了「畫作」這個有形的物體。我就像是學會了魔法一樣。

這可是最強的「靈魂」。我的內心奏起了一首進行曲，有種想把拳頭舉向天空的感覺。

我發現，只要帶著經由繪畫製作出來的靈魂進入教室，我就能不受拘束，任何事都無法影響我。

那個時候，班上已經沒有任何人會來靠近我了。

而我仍舊無法抵抗畫圖的誘惑。畫畫時的我是最強的，天不怕地不怕。也許大麻或毒品這類東西，也會讓人有這種感覺吧。

「妳在學校做了什麼？」

某天，當我回到家的時候，發現母親正在等我。

「我接到妳班導的電話，問我能不能去學校一趟。」

原來母親被叫去學校了，是緊急的三方會談。

「嵯峨野同學，妳是不是被霸凌了？」

我永遠無法忘記，母親聽見班導說出這句話時的驚訝表情。

當然母親她完全不知道我蹺課沒有去學校。而班導便擅自認為，我不去學校，大概是因為在班上被同學霸凌的關係。

畢竟發生了室內鞋那件事，班導會這麼覺得也是理所當然。不過，如果班導是想表達他的關心，那我真希望他是在事情發生當下就有所表示。

我現在已經沒有被任何人霸凌了。

「霸凌不可能這麼簡單就消失，妳也不用隱瞞事實，老實地跟老師說。」

他想把我當成被害者——這是多麼沒有意義的爭論啊。

「沒有，我真的沒有被霸凌。」

我很明確地否認了三次。

「如果妳不說出學校有發生霸凌事件，我們就無法幫妳啊。」

我並沒有要求你來幫助我——我硬生生地吞下這句話，選擇低頭。

「妳是不是怕他們報仇所以不敢說？」

「其實霸凌我一點也不有趣，真的。」

我根本就沒有什麼好怕的。只是這些話，我也同樣沒有說出口。

母親一臉不知所措。

「總而言之，這樣下去出席數會不夠，妳會沒有辦法升上三年級的。」

當我聽到班導這一番話，我便在內心決定，至少今後要讓出席數足夠，才能不去學校。

因為我開始有了想讀美術大學的想法，如果不能畢業，那我會很困擾的。

在夏天快要來臨的時候，我開始使用了水彩用具。

早上的第一節課我一定會出席。不管怎樣我都會先去學校，因為我需要把放在美術社團教室的繪畫用具拿到手。

之後就是計算各個科目的出席時數，同時看心情選擇何時溜出學校。我會在公園畫完畫，再回學校收拾東西。如果那天回去得早，就去上下午第二節的課，或是在社團活動時間，大搖大擺地進出社團教室。

暑假就去升學補習班，專心學我的素描。

我在單調的夏天即將結束時——八月二十五日，大概是星期一，獨自一人去了沒什麼人煙的海水浴場。海邊只有一名穿著比基尼、身材姣好的女性，還有在一旁一臉無趣地吃著冰淇淋的小男孩。

那裡有間海邊小屋，裡面的店員被太陽晒得黝黑，感覺很閒。不知道是否是太陽的關係，還是他故意去褪色？我坐在海邊小屋的白色椅子上，一邊感受著連鬍子都變成紅褐色的男子視線，一邊畫了好幾張冰塊逐漸融去的冰咖啡。

等到全部的冰塊融化以後，我便感到有些無趣，隨即走到了海邊。

我的腳站在陽光底下有種蒼白感，與八月即將結束的大海一點也不搭。

九月我就沒什麼在蹺課。不過話雖這麼說，我依然沒有朋友，也不太在教室裡頭說話。

「那個想要去考美術大學的傢伙，果然很怪。」

當我被周遭開始這麼講時，也不知道是不是心理作用，感覺投射在我身上的視線變得緩和許多。

我想那群人大概是透過這句話，理解了我和其他人不同的地方。他們找到了簡單易懂的分類法，在腦袋中建立出能容納異質者的地方。原本是一個「來歷不明」的嵯峨野仁美，被貼上了「想要去美術大學那類人」的標籤，成為了一個「常見的人」。

我是一個不會遲到的人。我會在上午第一節課開始前，就先坐在座位上。午休時間就是在屋頂或是階梯的轉角平臺，再不然就是在操場角落的樹下，坐在長椅上看書。

每個星期放學後，我有兩天會去美術升學補習班。其他日子就會待在美術社的社團教室，將擺在那裡的東西一一畫下來，直到學校廣播放學為止。

不然就是在校園內到處轉轉。

樓梯扶手的金屬處、被扔在運動社教室旁的運動鞋、被踩扁呈現く字的寶特瓶、聊得正起勁的女學生背影、裝排球的包包、板擦、把手插進口袋站著的男子、在操場一角收拾球棒的候補棒球員。我停下腳步，把這些畫面都畫了下來，就像在用相機到處拍攝記錄一樣。

不蹺課的代價，或許就是在學校找個出口，發洩我那想要畫畫的慾望。所以我也乾脆把周遭的人事物，通通都畫了下來。

我體內有個不吐不快的某個東西。也不知道該吐出多少，裡頭才會枯竭。一股不得不繼續吐的痛苦，以及害怕吐出的東西最後會不見的不安。這些東西，隨著時間，湧上又退去。

這是進入十月後不久的事。我突然又變得很想溜出學校。

明明想蹺課的誘惑消失了好長一段時間，但是那天我帶著繪畫用具，中午一到就奔出校門，直奔到公園。

草的味道、樹木的味道、開始腐蝕的落葉味道，總之就是充滿著植物的味道。我渴望的就是這些東西。我站在森林中，在潮溼空氣的包圍下這麼想道。

學校是土的顏色和水泥的顏色，然後是鞋櫃的味道。

天空被雲朵覆蓋住。

夏季時節長得又大又茂密的闊葉樹葉子，在轉黃前的顏色變得又更濃了。放眼望去，此刻的我，正被不同色調的綠色給籠罩。光是綠色，看起來就有無限多種顏色。

我在樹蔭下找了一個位置，坐在草地上。

我想要濃郁的綠色，便取出水彩顏料擠在調色盤上，接著在上頭加了一點黑。我在白色調色盤的凹槽裡，做好了一個像深蒸茶的茶葉般，不透明的綠色堆積物。

深呼一口氣後，將筆沾上調色盤，接著拿起，在堆積物上弄出了小泡泡。

我在圖畫紙上拉出一條水平線，然後開始在上頭繪製樹木的輪廓。

只用低彩度的綠色顏料，採取水墨畫的方式，快速地畫出長在地面上的樹木。

我吐了一口氣，接著放下畫筆。

在安靜地呼吸一陣後，便聞到森林中摻了一點顏料的味道。

接著我在只有輪廓的畫上，塗上樹木的細節。

水平線下的純白地面、呈現出森林形狀的綠色部分，還有上頭的白色天空。圖畫紙上變成只有這三塊領域。

「小遙，妳不可以放手呀。」

一名女性的聲音響起，她口中喊的是我沒有聽過的名字。

仔細一看，一個紅色的氣球正乘著風向我緩緩靠近。在它的對面，有個身穿紅色學生裙的小孩在哭。

接著一陣風吹來，氣球一下子就飛到了天上。

只見它越來越遠，以陰天的天空為背景，急速地褪去顏色。像石榴一樣變成了黑紅色，最後再變成一個小小的黑點，從上空中消失。

在哭哭啼啼的孩子面前彎下腰來的一位母親，剛好擋住了那條鮮紅色的裙子，周圍只剩下哭聲，才剛湧出就被森林消了音。

我將視線落在自己所畫的一片綠意上。

我想要紅色。

在我的視野中，突然出現了之前不曾存在的紅，我的視線也被它牢牢吸引住。不過那僅是一瞬間的事，很快地它又從我的視野中離去。

四周仍舊是一片綠。

直到剛才為止，我都覺得這樣很舒適。所以才會畫出比這座公園的實際樹林還要綠、全是綠、只有綠色的世界。

明明本該是如此，卻在我不小心看見紅色之後，突然變得很想要在畫裡加點紅色。

就算我在現實世界已經看不見氣球或是裙子，我卻非常想要我的畫裡有紅色。這是我創造出來的世界，只要我想要紅色，就可以讓它存在。所以我要把紅色加入這個世界。

我從布製的包包中，拿出放有顏料的塑膠盒子。我把它撒在地上，裡頭卻沒有紅色的顏料。

對哦，紅色顏料已經沒了。

我想起來了。在放暑假以前，我都一直在畫紅色的畫。

在那之後我畫的都是素描跟速寫，所以完全把這回事給忘了。我在用完五毫升的紅色顏料後，就再也沒有使用過水彩了。

只要出了公園大門，旁邊就是宇宙堂，我可以在那裡買到同款的好賓水彩。

但是我無法忍耐「就在旁邊」。我無法抑制「現在」、「在這裡」，我就是想要紅色的心情。

我看向我的手。我一直盯著左右兩手的掌心。手腕外側被太陽晒黑了，但內側就跟八月二十五日的腳一樣蒼白。就像八月二十五日那雙腳……

為什麼只有那一天的事，我是用日期來記的呢？

一片混濁綠色的畫，肌膚手腕內側的白色，用完的紅色。散落在腳邊草坪的顏料軟管上，有一把美工刀。

我把顏料盤放在膝蓋上，左手蓋在上頭。

再用右手上的美工刀抵著手腕。

我毫不猶豫地在白色皮膚上劃下一刀。

我原先只想在顏料盤的綠色正對面「房間」裡，滴上幾滴血而已……

然而，一開始從傷口跑出來的血，與其說是滴在顏料盤，倒不如說是大量噴向了圖畫紙。

白色的地面，綠色的森林。

我的血就這麼飛濺在上頭。

有那麼一瞬間，我覺得這個構圖感覺很不錯。

很快地，顏料盤和圖畫紙上全都是血泊。
吸入血的圖畫紙整個變形，四個角都翹了起來。
但是我並沒有感到特別疼痛。
啊，真美。
只是有點鮮豔過頭了。
應該要混一點黑色進去。
「糟糕。」當我這麼意識到的下一秒，便被大量噴出的血量嚇得驚慌失措。
儘管我再怎麼用另一隻手拚命按著，鮮血仍舊與心臟的跳動同步一般，咕嚕咕嚕地湧出。原本聽不見的跳動聲，突然在我耳內響了起來。
怎麼辦？
我好害怕。
害怕到嘴裡大喊了些什麼，應該吧。
然後我就這樣失去了意識。
當模糊的白色天花板，逐漸清晰地出現在我的視野中，我還以為自己正站在一堵牆面前。我想再往牆壁靠近，跨出的步伐卻感覺異常沉重。這也難怪，因為實際的我正仰面躺在床上，試圖用腳把被子抬起來。

我的嘴巴上覆蓋著透明的氧氣罩。這時我才終於理解，自己正在醫院裡。

對了，我割了自己的手腕。

我在平時常去的那座公園畫畫。為什麼我會因為沒有了紅色顏料，就想去割自己的手呢？儘管想起了先前做的事，但是對於自己做出的行為仍舊感到非常不合理。會不會我想起來的記憶其實是錯的？我竟然會想用自己的血液來代替顏料畫圖，這麼愚蠢的事情，是有可能發生的嗎？

我的耳邊突然傳來機械運轉的聲音，手腕也被某個東西緊緊夾住——看來是自動測量血壓的裝置，因為我的手腕處，延伸出一條橡膠軟管。

「嵯峨野小姐，妳醒了嗎？」

一名女性護理師走了進來。

「可以告訴我妳的名字嗎？」

在我開口以前，她就先向我搭話了。

「啊，我叫做嵯峨野仁美。」

「請告訴我一下妳的生日。」

「今天是幾月幾號？」

她的口吻就像幼稚園老師一般，我也依序回答她向我丟出的問題。

「很好，全部答對了。看來是沒問題了。」

太好了，還是同一天。所以我失去意識的時間還不算太長。

妳的身體感覺如何？頭會痛嗎？妳的血壓有點低，不過那是因為失血過多和藥效的關係。我先幫妳把呼吸器拿下來哦。點滴因為還剩一半，就先等到它滴完，生命徵象不用去動它。

只見她動作俐落地在類似紀錄卡上的東西寫下數字。

她說的生命徵象，指的好像是顯示脈搏和血壓的裝置。

「妳媽媽回來了哦。」

母親的臉，從病房入口處的布簾後探出。

「怎麼樣？感覺還好嗎？」

我本來以為會被她罵，沒想到母親臉上的表情卻是意外地溫和。

「我是覺得還好，只是人躺在醫院病床上。」

「妳知道自己為什麼會在這裡嗎？」

「因為我割腕吧。」

「有人在公園發現妳倒臥在圖畫紙上，就幫忙叫了救護車。」

母親的說話方式比平時還要緩慢。

「我覺得有點疲倦。」

「因為妳流了很多血啊。一旦血紅素不足，氧氣跟營養就無法傳達到身體其他地方了。」

母親的拿手把戲，就是把一知半解的知識拼湊起來，再把它說得好像她真的知道一樣。

「我的血往外噴的時候，我根本什麼都做不到，只覺得全身莫名地在出力。」

「傷口處又沒有肌肉，不管妳再怎麼用力，血也不會停啊。」

我的腦內浮現出血管的畫面，就像一根連著水龍頭的水管，一邊噴水一邊不受控地到處亂甩。

我失去意識以前的那段時間明明也沒多長，但是我在這之中，就像是耗盡了好幾天的能量一樣，全身倦怠無力。

母親沉穩地繼續說道。很難想像，這和知道我蹺課後生氣的母親會是同一個人。

「媽，救護車有開到公園裡面嗎？」

「誰知道呢。我來醫院的時候，救護車就已經離開了，妳也早就失去意識，根本沒注意到現場情況。」

說得也是。

「我怕車子如果有開進來，就會傷到公園的草坪了。」

我在腦海中的那片綠色公園畫裡，試著補上車輪的痕跡。顏色我無法決定要黃色還是黑色。

「很像是妳會擔心的地方。妳還像妳這點，算是個好徵兆。」

為什麼母親的反應會如此自然？她為什麼不問我割腕的原因呢？

我轉頭看了周遭一圈。

裝有我繪畫用品的布製包包，被人摺好後放在我的枕頭旁。好像有人幫我撿起了顏料，壓克力盒裡的顏料軟管呈現上下散亂的狀態，還混了一些枯掉的草。應該沾滿血的顏料盤卻不在裡頭，當然那張畫也是，還有美工刀。

我沒有勇氣看那張畫。雖然說是自己做出來的事，但是看見大量血液噴發的衝擊實在是太大了。

我可沒有想要死哦。

母親一定在擔心我，我想還是跟她解釋一下比較好。但是這樣就勢必得告訴她，我為什麼要割腕了。

因為紅色的顏料沒了，所以我打算用自己的血。我並不覺得這麼說她就會真的相信我。

反過來說，如果我謊稱是霸凌讓我很痛苦，所以才想自殺，那麼大家肯定都會相信吧。

真相卻像謊言，常見的謊言反而還比較有可信度。

我自己也知道，很少有人會想用鮮血來代替顏料。但是現實就是，這裡就有一個曾經嘗試過這麼做的人。或許很少但確實存在。

我嘆了口氣。

人們都在追求隨處可見的故事，喜歡曾經在哪裡聽過的話。對於大多數的人來說，只有用自己接受的話語來解釋，那才會是真實存在的事。

只有經常發生的事情才會是真的，幾乎不發生的事情就會被認為是不自然、是謊言。

但其實不管是怎樣的事，都有可能會發生。

不管是一萬年一次的火山爆發，還是百年一次的海嘯，它就是會發生。就連擲骰子時，也有可能連續出現十次一點，現實世界就是這樣。

「妳怎麼了嗎？呼吸感覺越來越急。」

見我愣愣地看著天花板，母親便探頭偷看我的表情。

「沒有啊，什麼事也沒有。我只是在想一些事情。」

還是說點像是理由的話吧。

「我還在驚嚇當中。」

「要驚嚇的是我吧，真是的。」

母親的話語始終溫和如一。對不起，我在內心說道。

「那個，妳不問我為什麼要割腕嗎？」

「就算我不問妳，總有一天妳也會告訴我的不是嗎？」

「什麼嘛，真叫人生氣。」

「妳可以不用馬上告訴我。」

「妳那份從容又讓人更火大了。」

「畢竟我活得比妳還久嘛。」

「但是妳被重山老師找去學校時，不是很生氣嗎？」

「那是因為在老師面前啊。如果不生氣，不就無法樹立好榜樣了嗎？我總不能說，其實我覺得蹺課也不會怎樣吧。」

「什麼啊。」

母親的表情非常平靜。當我陷入危急時刻，她總是會露出這副表情看著我。那個在我發燒時，會端著榨好的蘋果汁給我的表情。

「就算我告訴妳理由，妳也一定不會相信的。」

「妳不說說看，怎麼會知道我信不信呢。」

「真讓人不爽。」

「那妳可以不要說。」

我和母親都沉默了。

畢竟在我下定好決心前也需要一點時間，母親大概是想催促我「說出來吧」，所以故意間隔保持沉默。

「我想要血的顏色。」

母親一句話也沒說，靜靜地看著病房窗外。

我從床上看過去，只能看見天空。

傾斜的橙色陽光，照射在薄薄的白雲上，背景是一片藍天。

「我用綠色顏料畫了一張森林的圖。後來我突然很想加點紅色上去，但是紅色顏料卻用完了。在那個當下，我真的很想要紅色，沒有紅色我就無法罷手……所以，我就想到最省事又可快速取得的血……」

「說什麼最省事……」

「妳看，說不出話了對吧？是不是覺得怎麼會有這麼愚蠢的事？不過這是真的，我原先是想弄一點在調色盤上，只是沒有拿捏好分量而已。我真的從來沒有想過要自殺。」

「妳這當然會讓我無言啊。」

母親將視線轉回我的病床。她看著我的臉，還有纏著繃帶的手，再來是點滴架。透明的液體從點滴袋的下方處，像是計時的沙漏般，一點一滴地落下。

「媽媽相信妳說的話。」

「可是妳不是說妳無言了嗎？」

「就是相信妳才覺得無言啊。畢竟我也有看到裝血的調色盤，還有妳的那幅畫。我是對不管後果只想著畫畫的妳無言了。」

看到母親微微歪頭聳肩，我也想跟她做同樣的動作，但是枕頭實在太礙事，我實在無法順利做出。

「妳從小就是這樣。只要是自己想做的事，馬上就會去做，不太會去考慮後果。妳這樣會漸漸分不清現實跟幻想的。而且妳還會幻想得很真實，簡直到讓人分不清真假的程度。明明沒有見過的東西，卻可以將它正確地畫出來。」

這樣啊……我確實有那麼點自覺。

「原以為妳可能只是注意到一般人不太注意到的地方，卻沒想到大家都知道的事情，妳卻沒注意到。」

「這種性格真危險。」

「做父母的當然會擔心啊。不過我也是有想過，說不定這對一個畫畫的人來說，會是一件好事呢。」

單親家庭的生活已經夠辛苦了，母親卻還是願意讓我去考美術大學，這讓我實在對她很愧疚。

「啊，嵯峨野小姐。從我這裡看過去，妳的臉色感覺也恢復很多了呢。」

護理師走了進來。

「妳的手腕讓我看一下，不好意思。」

我手腕上的傷，貼著一個像是四方形藥膏的東西，中間還滲了一些血，就算不加黑色也是陰沉的顏色。

「痛……」

被人從上方這麼一壓，我便不自覺地發出了聲音。

母親看著止血貼布滲透的部分，再看看我的臉，隨即露出一副懂了的表情。

我被救護車送來之後，在醫院住了兩個晚上。

傷口感覺是以時間為單位，自己慢慢好轉起來。

不過我的內心卻是與之相反，根本還沒恢復精神。只在醫院待上個三天兩夜，心情上仍舊是「大病初癒」的感覺。是因為吸入了消毒的酒精味，還有野獸的氣味合併排泄物的空氣所造成的嗎？還是說，是我多次遇見那些因痛苦而愁眉不展的入院病患以及來探病的家屬呢？不知不覺，我自己也變成了「病人」那方。我不知道該怎麼做，才能回到原本的世界。

而因為我當時身上帶著學生證，所以割腕被救護車送去醫院的事情，也不小心讓學校那裡知道了。救護車的人沒有聯絡我家，而是選擇先聯絡了學校。

聽說班導重山是在我意識尚未清醒的時候來探病的。在看見我躺在病床上休息的樣子後，他就安心地回去了。反正那傢伙也只是想留個紀錄，證明自己「有馬上趕來醫院」吧。

對於麻煩的問題，重山根本就沒有打算要去解決，他也沒有那個能力。但如果是為了躲避批評，他反而什麼都願意去做。就連高中生的我們都看穿了他的想法，大家也都很看不起他。

不知道他在學校是怎麼向大家解釋我缺席的原因。應該是不至於將我割腕的事，告訴班上的人吧？

也不會召開臨時班會，將我的事情特別提出來報告，然後為了不讓此事再次發生，叫大家一起提案討論之類的吧？

「我因為身體突然不舒服先回家，結果就生了一場大病。好了之後才來上學的，現在已經沒事了。」

我希望到學校可以這樣解釋，因為我還想要去學校。

不對，除了這部分以外，我實在是不知道該用怎樣的表情進去教室。

回到家之後，我都一直處在一個悶悶不樂的狀態。

「妳休息越久，就會越難回去學校上課哦。反正妳不是老是蹺課嗎？大家不會這麼在意的啦。」

我覺得就像母親說的那樣，但又好像不是如此。

手腕上還殘留著止血貼布。雖然貼布和皮膚長得非常不一樣，不過比起白色繃帶，確實是沒有那麼顯眼。

「看來是要穿長袖了……」

我只是看著傷口，母親便注意到我的視線隨即說道。

「妳不是有一件灰色的男款帽T嗎？妳就穿寬鬆一點去學校不就好了？反正袖子很長可以遮住嘛。」

真慶幸我的學校是可以穿便服去的公立高中。光是決定好衣服，就好像有了勇氣可以去學校。

在家度過三天之後，我終於下定決心要去學校了。

去學校的第一天，我是趕在上課前幾分鐘才進教室。

我在上課鐘聲響起的同時，從後門進去，立刻就坐到了位子上。

幸好第一堂課的英文老師，很快就進來教室開始上課。

大家的背影一如往常，我的背影也是一樣。

就算下課也沒有人跑來跟我講話，這部分依舊沒變。

「嵯峨野的帽T很可愛耶。」

在第三節課結束的時候，突然有人出聲跟我搭話，嚇了我一跳，我下意識便用右手將左手的袖子往下拉。

「妳那件衣服在哪裡買的啊？」

「我不記得了，這件是二手衣。」

還好，她沒有特別問什麼。還好——這句話我並沒有說出口，只是不停地在心裡重複念著「還好」。

到了中午午休時間，班上的空氣就和往常一樣變得輕鬆許多。明明也只是幾天而已，我竟然會對那早已聽慣的廣播社拙劣ＤＪ聲感到有些懷念。而唯一不變的是，依舊沒有任何人在聽他說話。

我趕緊吃完便當後，便前往樓梯間的平臺，那裡是我的固定位置。

不久，外頭便下起了雨，操場上的人都不見了。但我仍舊站在樓梯的平臺窗邊，從那裡看著外頭，獨自沉浸在自己成功回到教室的心情。

上課前五分鐘的預備鈴響起。

就在我正要踏上三樓階梯，前往教室的所在地時，剛好和一位站在上面的男學生對到了眼。

是富田。

他一個人站在那裡。就在我抬頭與他對上視線的瞬間，他又突然將身體轉向，隨即離去。

那應該是我的錯覺吧，大概是這樣沒錯。

富田總是會和幾個男生聚集在教室一角，用著大音量在那邊聊天。我幾乎沒有看過他一個人的時候。只是話雖如此，午休時間一個人上下樓梯還是有的吧？

不過總覺得哪裡不太對勁。

第五節課結束的時候，我因為有點在意，便朝座位離我有兩排距離遠的富田方向望去，沒想到我們又對上了眼。

富田的身高很高，感覺總是帶著一副臭臉。硬要說的話，他的態度時常表現得目中無人。但是在樓梯上的他，還有此刻在這個教室裡，我與他對上視線的瞬間，總感覺他好像在害怕什麼，看起來變得矮小許多。是因為他的下巴縮得比平時還多嗎？感覺我好像在低頭看他，而他的視線則是像在抬頭看著我的樣子。

現在和那群男生說話的富田，看起來是平時的他。

到底是哪裡不太一樣呢？

我很想確定到底是怎麼一回事，便開始觀察起他。此刻的富田正坐在教室後方桌上，和同伴們聊著天，另一隻腳還裝腔作勢地跨上隔壁桌子。

視線這個東西，是不是擁有類似光束力量還是光束壓力之類的，能夠將感覺傳達到對方那裡呢？

就在我將視線定在富田身上好一陣子，也不知道他們在說什麼，總之就是明顯感覺是話說到一半時，他突然朝我的方向看過來。

我們又對到眼了。

這次他露出非常驚恐的表情，很快地就把臉給別開。

果然，富田他知道我割腕的事情。

隔天，富田請假沒來上學。

我的心中有股莫名的不安。

「富田為什麼沒來呢？」

我跑去總是與他混在一塊的男生群裡，向一名叫做武部的男生問道，他好像是裡面的頭。

「嗯？他傳 Line 跟我說他頭痛啊。」

「是嗎……」

「呃……嵯峨野妳為什麼要問富田的事？妳該不會是喜歡他吧？咦？不會吧？啊哈哈，哈哈哈哈。」

一群人向我拋出各種扇風點火般的字句，但我完全沒有理會他們便轉身離去，所以他們也很快就停止了。

因病缺席。真的是這樣嗎？

我心裡覺得「不是」。

那群人好像並不知道我受傷了。

隔天，富田依舊沒有來學校。天氣不熱也不冷，不像是會讓人感冒的季節。

下課後，我跑去教職員室找班導重山。

「啊啊，嵯峨野啊？妳身體沒事了嗎？」

「嗯，雖然壓它還是會很痛。」

要是真的擔心我，在我來學校的第一天——也就是昨天，不就該先來找我打聲招呼嗎？

「那是當然的啊，畢竟妳的傷可是需要救護車送去醫院的嘛。給我看一下妳的傷口。」

這個人神經怎麼那麼大條？我心裡一邊想著，一邊將帽T的長袖捲起一點。

「哦？現在只要貼這個像貼布的東西，再等傷口結痂就好了對吧？以前貼的紗布好像反而對傷口不好呢。」

這對重山來說是件新奇的知識嗎？

「請問富田為什麼會請假？」

「喔？妳說富田啊？妳不用擔心，我有好好念過他了。」

果然，糟透了。

「我告訴他，你不要再找嵯峨野麻煩了，就算你做這些事情沒有多想，但承受的那方可是痛苦到想自殺了。你不是在一年級的班上也被霸凌過嗎？應該很懂這感覺啊，你最好給我認真看待這件事——這樣。」

我的臉好像紅到快噴火了。

我無法相信他說到自殺這個單字時，一點也沒有降低音量。

還好教職員室裡，似乎沒有人對這句話起反應，算是不幸中的大幸。

「那個……」

「怎麼了？」

「我從來就沒有想過要去死。」

「我明白。這在思春期是常有的，不要去鑽牛角尖，知道嗎？別再把事情想得那麼嚴重了。老師都有在為你們著想，一旦發生什麼事，我一定會保護你們的，所以妳也不准再獨自煩惱了。」

保護？你嗎？怎麼做？你怎麼可能做得到。

我按下想要抓起身邊東西丟過去的憤怒，離開了教職員室。

我還是不知道富田請假的理由。大概重山也懶得去確認，富田為什麼沒來學校吧。

隔天，以及再隔天，富田都沒有來學校。

我也不知道該怎麼辦。

重山把我割腕的事情，擅自認為是富田霸凌的錯。更糟糕的是，他不只自己一人這麼認為，還當著富田的面告訴了他。

不管是怎樣的人，只要知道自己的錯害了某人跑去自殺，應該也無法保持心平氣和吧。這完全是一個錯誤的資訊，但富田卻不知道。

當我回到了班上以後，反而變成他不來學校了。搞不好他也無法向任何人訴說，只能一直不停地責怪自己。

我真的不是因為那樣。

看著他駝背露出膽怯的神情，一點也不像他。還有那無力的眼神，彷彿隨時都在窺視著我的表情。

這不是你的錯。說到底，我也沒有打算想去死，我只是想要畫畫而已。我只是有點笨，才讓血噴得比我想像中的還多。我真的是個笨蛋，不是一點笨而已。嗯，笨蛋。我根本沒有什麼偉大的想法，就把美工刀抵在手腕上的血管處。在我的想像中，劃下去就只會滲出一點血，然後滴滴答答地落下，我是這麼打算的。我想要滴滿顏料盤的小凹槽，就只是想要一毫升都不到的紅色液體而已。然而我浪費的血量，多到把血噴到圖畫紙上，蓋過了大半部的畫，還讓整個顏料盤都變成了血泊，要是急救的人稍微晚一步止血，我很有可能就需要輸血了。

我也不懂，我到底為什麼會想用血去上色？不過不知為何，當時的我就是很自然地這麼想。

這和富田一點關係也沒有。只是我太笨了，並不是富田的錯。我雖然很討厭富田，但是如果讓他誤會，還煩惱到請假不來上學，對我來說也不是一件好事。同樣的想法一直在我的腦海中打轉，卻找不到發洩的出口。

我下定決心，又去問了那群男生一次。

「富田是身體哪裡不舒服嗎？」

「不知道。他現在只會跟我說請假。應該是有什麼理由不想來學校吧？」

武部把手插在鬆垮的褲子口袋中說道。

「你說什麼理由……那你是有什麼頭緒嗎？」

「誰知道。難道不是因為這年紀煩惱很多嗎？就是那個——思春期嘛。」

都是因為班導重山動不動就喜歡用「思春期」這尷尬的詞，所以班上也開始流行在解釋那些無法理解的舉動時，都會補上一句「因為是思春期」這句話。

「我幫妳傳Line給富田了。我說嵯峨野很在意你的事情哦。」

「你為什麼要那樣說，很討厭。」

「後來他也就不太回我Line，搞不好他其實也滿喜歡妳的呀。」

他用著下流的眼神看著我。

「無——聊。」

我故作輕鬆地說完隨即離開。我可不能被他發現我有受到影響。

我從教室逃了出來，前往公園。

人才剛跨入門內，腳步就變得沉重了起來。明明一點也不想畫畫，我的腳還是自動前往平時的地方。風不時穿過樹林間，發出陣陣聲響。

就是這裡，就是這個地方。緩坡的途中有一個小小的低窪處，那裡就是我的固定位置。這裡一點也沒變，有天空、有樹林、有風的聲音、有植物的味道。

「富田，我知道你霸凌過嵯峨野仁美。」

我的腦中響起了重山的聲音。

是你欺負了在附近公園割腕的同班同學吧？被老師這麼說的男學生，當時心裡在想些什麼呢？

「我什麼都沒做。」

「你不是曾經把嵯峨野的室內鞋藏起來嗎？」

嵯峨野仁美因為你的霸凌差點死掉，都是你把人家逼到去割腕的——他會覺得老師是在這樣責怪自己嗎？在不知道自己是無辜的情況下，而感到自責嗎？

我突然覺得樹林間的味道，似乎混進了一點血的氣味。

我跪在地上，兩手撐著地面，上前聞了聞土壤的味道。只有溼潤的草地味，我所流的血跡已經不見蹤影。我只是做了一個惡夢。雖然心裡試著這麼想，但我手腕上確實有著活生生血淋淋的傷口。

我腦中突然浮現一個景象，一個手腕上有傷痕的屍體，漂流到某個杳無人煙的海邊岩岸處。吸飽海水呈現膨脹狀態的蒼白男。再來是在某個深山中，腹部被野豬還是熊的動物啃食殆盡的屍體，手腕上也有著相同的傷痕。

我只需一點點契機，就可以在腦中創造出縝密又鮮明的景象。我的這項訓練，實在是練得熟稔過頭了。

不管是讀書也好，畫畫也好，我做任何事都無法專心。無論我做什麼，就是會在意起富田的事。

我甚至想過，其實真相是他感冒惡化，所以咳嗽停不下來之類的。搞不好一到明天，他就會帶著什麼事也沒有的表情，出現在教室裡。

每天早上，我都會在心裡期待著，今天富田會不會出現在平時的座位上，然後踏進教室。但是富田的座位依舊是空的，第二節課第三節課第四節課，每當休息時間一結束，我都會期待，然後失望。

隨著日子漸漸過去，心中的思緒失去了出口，沉鬱在內心深處，重複著同樣的問題與同樣的回答。

當我又去找武部搭話，確認富田有跟他聯絡時，我的身體就會安心到整個鬆懈下來。他還活著。明明他是之前霸凌我的主使者，現在我卻要依賴武部那裡的消息。

「他還是沒有寫他不來學校的理由。就算訊息裡寫了妳的事情，他也沒有多說什麼。」

沒錯，這樣行不通。

富田如果覺得是因為他的霸凌而害我割腕，那當他知道我一直在學校到處打聽他的事時，就會讓他更難來學校。

都怪班導重山和男生堆中的武部做了多餘的事，才讓事態變得越來越複雜。

我該怎麼做才好呢？好像無論我做什麼，事態都不會有好轉的跡象。

「嵯峨野，如果妳那麼在意，那就去他家找他啊。」

武部半強迫地遞給我一個上頭寫有富田家住址的紙條。就連武部他們也開始擔心了。

富田家就在K鎮車站附近。

K鎮車站和我家附近的車站是同一路線。那裡就和我上車的M田車站相隔兩站，相較之下離學校稍微近一些。

感覺回程可以繞過去。

只是那一天我沒有繞過去，因為我無法繞過去。

隔天早上，我從M田車站上車，沒過多久列車便停了下來。

【線在K鎮鄰站發聲囉人元調落軌到的億外，故本烈磗棧時在此庭銹。】

發聲囉人元調落軌到的億外——

發生了人員掉落軌道的意外。

嘴巴裡傳來了鐵鏽的味道。我想起了我在公園流出很多血的那股氣味。我都已經拚命吐口水，打算將嘴裡的東西一同吞進肚裡，沒想到嘴巴反而更乾，甚至感覺牙齦緊繃到在出血。

應該不是吧。

不是吧？不是吧？富田。

我好像快要叫出聲音了。

鮮血在眼前的圖畫紙上擴散開來，不管是白色的地方還是被塗成綠色的地方，從上方開始被塗滿——那畫面又浮現在我腦海中。

手腕傳來溫熱液體的觸感。

我抬頭看著拉著吊環的手，從袖口中可以瞧見上頭的傷口。感覺太陽穴正受到心臟的脈動影響，胃酸好像都要一起逆流了。忽然一陣頭暈讓我有點站不住腳，只好拚命拉住吊環硬撐過去。

不久後，終於等到廣播，伴隨著一股小小衝擊，電車終於開始動了。太好了，看來不是什麼嚴重的意外。

在K鎮車站停車到再開為止的這段時間，我一直都閉著眼睛，不管怎樣都無法打開。

也因為延遲的關係，害我落得從車站跑去學校的下場。

我在課堂開始前兩分鐘趕進教室，調整呼吸後不久便攔住了武部。

「富田今天有聯絡你嗎？」

「喔，大概在五分鐘以前，他說今天也要請假。」

太好了。

我緩緩地深呼吸，等待心跳恢復平靜。

「那傢伙也不跟學校聯絡，卻每天規規矩矩地跑來向我報告他要缺席。」

武部的聲音和上課鐘聲重疊在一起。

不知道從何時開始，富田讓我覺得，他搞不好會跑去自殺。

確實是很有可能。

我明明就沒有打算要自殺，卻引發了自殺未遂事件，而班導也認為那起事件是自殺未遂，並且對此深信不疑。事情到這裡為止都還算清楚。

之後班導在富田面前當面表示，我自殺未遂的原因就是因為他。這部分我也知道。

然而，富田不來學校的真正理由，我到現在還不是很清楚。

考量到他並沒有向那群要好的男生——武部團體裡的任何一人，透露他不來學校的原因，就可以確定，他應該有不想跟其他人說的理由吧。

既然他不來學校的原因在於我，而且還有可能是因為誤會所造成的話，那為了讓一切水落石出，我果然還是需要直接去見本人，和他好好談談才對。我在心底打定了主意。

我擔心如果是因為我的錯而害富田自殺，那該怎麼辦才好。搞不好，富田也覺得是自己的錯，才害得我自殺未遂的也說不定。

要是因為自己的錯，而導致某人自殺……這樣的「假設」就算只是偶然，我也是處在很有真實感的情況下在思考這件事。

該不會，其實我們很像？

那就等到星期天，依照地圖去拜訪富田家吧。總覺得，如果希望結果是好的，那最好不慌不忙，選擇陽光普照的時間去才是。

決定好了之後，我的心情也冷靜下來不少，感覺輕鬆許多。

星期六的早晨，車站很空。

去公司上班的人很少，反倒是電車裡的高中生比例變高了。

「妳不覺得一想到明明是星期六，我們卻還是要去學校就整個很想死嗎？如果是ＯＬ早就放假了。」

有一群女子高中生站在車門附近，她們的對話傳到了我耳裡。

不行，我今天一定要去。一股不安感又朝我襲來。

如果是星期天很有可能會來不及。好不容易都已經下定決心了，我為什麼還要往後延期呢。

剛好下一站就是Ｋ鎮車站。我站在門邊等待車門打開，接著走下月臺。

七點二十五分。就算是臨時的家庭訪問未免也太早了，至少也該等到八點過後。所以我便打算在車站打發一點時間。

我找了一張空長椅坐下。

穿著西裝的上班族、面帶全妝卻一臉倦意的三十代左右的女性、抱著運動包包類似大學生的男孩、帶有職人氛圍的中年男子。

月臺的人潮逐漸變多，隨後又被到站的電車吸得一乾二淨。

在下一班電車抵達以前，月臺又再度擠滿了人潮。這樣的情景，每幾分鐘就會重複一次。

我呆呆地望著眼前這樣的景象。

上學時間，我坐在車站裡，目送好幾班列車駛去。

就在我看了一陣之後，我注意到和我同一個月臺的最前方，有一個人和我一樣坐在長椅上。

由於距離有些遠，我只知道他是男的。

人潮一聚集，又會看不見他。等到列車一來，擠滿視線的人們又會跟著不見。唯獨那個人──那個男的不會搭上電車，就一直坐在那裡。

竟然會有人和我一樣在月臺上打發時間，所以我決定靠近他一點。

該不會──

人潮又再度被後來抵達的電車吸走。一人孤零零地待在無人月臺上的那個人，正是我準備要去見他的富田。我絕對沒有看錯。

我停下了腳步，無法再往前跨出任何一步。

富田就坐在長椅上，身體前傾，手放在膝蓋上，整個人看起來好像很迷惘。現在是上學時間，他為什麼會在那裡？啊，他是終於想去學校，所以才來車站的吧。只是他還是有點猶豫不決，所以才會看著電車一班一班地駛去。

可是，他並沒有帶書包。

【列車即將進站，請各位旅客退至黃色警戒線後方稍候。】

富田站起來了。

月臺上的人開始移動，我有點看不太到他。遠方傳來電車駛近的聲音，人們也開始依次列隊，等待列車進站。在這之中，只有他的頭還在移動。

「富田！」

我使勁地喊他。

在人群之間，我看見他轉頭看向我，他那凹陷下去的眼睛隨即轉為驚訝的神色。

儘管如此，他仍舊沒有停下他的腳步。甚至讓人覺得，他想甩開我的視線。

「不行！停下來！不是那樣的，富田，不是的！停下來！」

我試圖撥開人群往前擠，好幾次都跟其他人撞上，無法順利前進，這樣會來不及的。

「誰可以幫我攔下那個人！那個人想要去自殺，快阻止他！」

我喊到最後聲音都啞了。

不知道是誰按了哪裡的緊急停車按鈕，警鈴跟著響起。

列車的尖銳煞車聲越來越近。

站在他附近的人群開始動了起來。就在高個子的他埋沒在人潮之中的時候，一列紅色的列車駛進了月臺。

我一邊哭喊一邊撥開人群靠近一看，發現他已被兩名男子制伏在月臺上。

「富田，不是的，是你誤會了。根本不是那樣。」

我毫不留情地搥著富田弘道的背，而他就僅是蜷縮著身體，默默忍受。

第七話　月臺門

「早上先生來了哦。」

就在來客人潮稍緩的時候，我的搭檔里子在一旁小聲說道。

那位客人就和往常一樣，在早上七點二十分，前來店裡購買報紙。

就只是這樣，沒有其他值得一提的事。畢竟是在通勤的途中，所以每天會在同個時間出現也是理所當然的事，而且既然是買報紙，那麼每天會來也是應該的。像這樣的人，在這裡有超過一百多人都是如此。

只是早上先生（因為他總是在早上來，所以我自己隨便幫他取了一個名字的那個人，我不知道他真正的名字），他一直以來都會在星期一到星期五來買報紙。

雖然根據人潮擁擠的程度，他有時會說「謝謝」，有時則不會。除此之外，我就沒有聽過他說別的話了。

「明明這二十年來你們每天都會見到面，但是妳卻從來沒有跟他說過話，這也是滿少見的呢。」

雖然里子這麼說，但其實她也知道。

在外頭或許很少見，但是在我們這裡一點也不稀奇。

例如前幾年開始來買香菸的中午先生。

中午先生好像是從月臺最旁邊的樓梯上來，然後再從店的後面繞到店的前面。由於他都會突然出現，所以一開始大家都叫他「從裡面來」先生。只是自從有一位晚上來光顧的晚上先生出現以後，我們就想說統一一下命名方式，因為他是中午來的，所以就改名成中午先生。

我們還有幫其他人取名字，有時甚至會互相打賭，看那些人今天會不會來。

我們的工作就是這樣。

我叫做廣田喜美子，是一名站內販售亭的販售員，已經從業二十五年了。如果有人問我，我就會這麼回答。自從我的兒子升上小學二年級之後，我就一直在做這份工作。

在我工作的 Kiosk（註19）裡，整個空間只有比飲料的自動販賣機大上幾倍，但是單位面積的商品種類卻是壓倒性地多。據說陳列著琳琅滿目的商品「小屋」，是

註19　Kiosk：在土耳其語中有小屋子之意，為日本的JR集團所屬的各鐵路客運公司，在車站內所開設的連鎖便利商店。

因為裡頭的商品形狀太過多樣，導致難以機械化，所以才由人力來代替，從事自動販賣「員」的工作。

報紙、口香糖、香菸、糖果、週刊雜誌、領帶、書、禮金袋、手帕、袖珍包衛生紙、啤酒、一杯裝的日本酒、魷魚絲、郵票、花生、口罩、塑膠傘、電池、小布偶……

我這狹小的四方天地被好幾名客人包圍。我把零錢遞給其中一位客人，同時收下另一位客人的錢，接著再反手拿取從外頭碰觸不到的商品遞給對方，就像是一座千手觀音一樣。

要是使用笨拙的機械手臂，不小心把彎曲成「く」字的關節打中某位客人，害對方吃了一記左鉤拳而被告的話，肯定會被求償個好幾百萬日圓。

就算真的做出了一個複雜又安全的機器人出來，那東西一定也是貴得嚇人。不然就是動作非常緩慢，導致好幾名客人為了買份報紙，而錯過了一班列車吧。

「與其親切有禮地接待客人，倒不如盡早處理客人要求。這才是最重要的服務理念，請銘記在心。」

在一開始的培訓以及我和里子剛進來這間店的時候，都被這麼交代過。

根據我那從工學院畢業，在精密機械的公司擔任工程師的兒子——賢一表示，聽說像我們這樣的販售員，比現在技術做出來的機器人還要靈巧好用，而且還很便宜。

「就算他稱讚我們比機器人還厲害，但那種說法聽了一點也不開心嘛。」我曾和里子兩人一起不滿地聊過這話題。

今天的早上先生，在我收完錢之後依舊站在我面前。一般來說，他都會把剛好的金額放在週刊雜誌上，然後取走最前面的報紙。

「那個……」

「我有收到您支付的錢了，金額剛剛好。」

我想他是在等我找錢給他。

「不是，那個……我今天就要退休了，所以我想，這也是我最後一次來這裡買報紙了。」

「……」

我將零錢找給了站在我右側，一名買了機能飲料的年輕人。回過頭才發現，早上先生一直盯著我這裡。

「原來是這樣啊。」

我轉身背對他，從身後的架子上拿出禮金袋，再遞給別的客人。

「客人就交給我應對吧。」

當我轉正身體時，里子就在我耳邊這麼說道，我也只好無奈地穿過側邊的小門，來到了外頭。

「感謝您長年以來幾乎每日都來光顧我們的店，真的非常謝謝您。」

見我低頭行禮，早上先生也一同向我鞠躬致意。他的黑色皮鞋雖然早已被穿得老舊，卻磨得十分光亮。這麼說來，平常我也沒什麼機會看見客人腰部以下的地方。

「希望您今後也要多加保重身體。」

即使來到了外頭，我也不知道該跟他說些什麼才好。

「不好意思，讓妳百忙之中抽空出來。那麼我就告辭了，真的非常抱歉。」

早上先生看起來一臉歉意，在向我鞠了好幾次躬之後，剛好電車也駛入月臺，他便轉向準備搭車的人潮方向，隨即大步離去。他手上抓著剛才買的報紙，不過這時間想要在車內看，應該是有點困難。他是想到公司之後再看嗎？

身後響起電車駛近月臺的聲音。我整理了一下被弄亂的報紙區，隨後便回到攤子裡。

「他是妳認識的人？」
「怎麼可能，我根本不認識他。」
「會特地跑來和妳說今天是他最後一天來，不就代表一直以來，他都是為了見妳才來買報紙的嗎？」
「好了啦。」
「我可真不能小看妳啊。」
今天瑪德蓮蛋糕賣得非常好。
「這二十年以來，他幾乎星期一到星期五都會來對吧？只要一天沒出現，妳不是也會跟著擔心嗎？」
梅干跟口罩賣出去了。
「是啊，我是有擔心過『他是不是感冒了』之類的，要是超過三天，就會覺得『會不會是他調職了』。不過，告訴我幻想這些東西也是一種工作樂趣的人，也正是里子妳啊。」
能和這樣的里子，兩人一起站在店裡工作的時間也不多了。
我和里子會拿來當話題講的雖然只有早上先生，但同樣的中午先生及晚上先生，都有我們幫他們想的人物設定。這三個人從很久以前開始，就一直是我們每段工作時間的重點人物。

有時候過了上午九點就會沒有客人。

里子便會開始盤點庫存。

她是團隊裡的組長，也是店內的幫手，會幫忙支援到九點半尖峰時刻結束。這間店比一般的店還要寬敞一點，勉強能讓兩名店員站在裡頭。所以為了順利度過早上的高峰時間，才會編制幫手進來一起幫忙。

車站的小商店，最重要的就是速度。很多人就算想買，但只要下一班列車即將抵達，大多都會放棄。如何在每班列車之間的短暫時段，處理大量的客人需求，便是決定營業額高低的關鍵。

本身也是區經理的里子會在尖峰時段結束時，查看庫存數量、填寫追加訂單的單據。

等到十一點一到，就會有其他人來和她換班。

店裡基本上只有一個人在工作。只是這麼一來就無法休息，所以大約兩個小時一次，被稱呼為「自由店員」——沒有所屬店鋪的販賣人員會前來店裡，只要把店交給那個人，就有二十分鐘的休息時間可以去廁所。中午午休的一個小時，自由店員也會來。每間店的營業時間不同，一般是十一小時到十四小時之間，由三人或是四人來輪班。

大家幾乎都是約聘員工，不過在我們這裡，有工作八小時的全職者，也有只工作三到四小時的短時間工作者。公司會將軌道路線內的店鋪分成好幾區，以一組為單位，再由一名組長負責統合。身為正式員工的組長——里子就是標準的沒有固定班表，只有負責自由店員的部分。她會去補別人休息的空缺，或是像在我們車站這樣，依據時段來幫忙，同時結算營業額及處理接單跟下單的整合工作。

自從我當上車站販賣部的店員後，一直都是負責這間店的早班工作。

這份工作最重要的地方就在於，我必須要記下好幾種週刊雜誌、報紙、從電池到雨傘等，總之店內所有東西的價格都得記住。如果要一一去確認表上的價格，那就無法迅速地接待客人。這是一個賣東西最長八秒，最短就只有一、兩秒的工作。大部分的時間，工作崗位上都只有我一人。儘管有不懂的事，或是出了什麼麻煩也不會有人來幫忙。全部都必須由自己來解決。各自為一國一城的城主，就像店長一樣的存在。看起來很簡單，卻不是任何人都能立刻上手的工作。

可以讓兩人進入攤位裡的店鋪，除了這裡之外，全線路也只有兩個地方有。而這間店鋪，剛好就成為了我培訓第一天的分配地點。

我覺得這就是命運。

說到底，我原本就是想在這個車站工作，才去應徵 Kiosk 販售員的徵才廣告。會在這裡培訓的理由，充其量也不過是因為這間店比較大，可以跟組長兩人站在裡頭罷了。不過我當時是真的樂翻了。

要是旁人聽了會覺得很不可思議吧。

二十五年前的某一天，我因為在車上覺得喉嚨很痛，就去買了一包喉糖跟口罩。當時我就是在這間店買的。

我從傍晚開始就覺得喉嚨卡卡的，一直有種不祥的預感，感覺自己好像快感冒了。我站在擠滿人潮的車廂中，不停地吞著我的口水，恰巧看見懸吊廣告上的喉糖廣告。我一看見那廣告，就很想快點從喉嚨的異樣感中得到解脫。當我準備下車時，門剛好就在店鋪前打開，一個與車內海報如出一轍的紅色包裝便映入我的眼簾。

我也是在那時，第一次體驗了在 Kiosk 買東西。

畢竟我本來就沒有在車站買報紙或週刊雜誌的習慣，當然也不會買口香糖或是香菸。在我的一般習慣中，這裡賣的東西，我都會去便利商店買。我根本沒想過要在 Kiosk 買，甚至沒有意識到這間店的存在。在我的選擇中，從未出現過這個選項，單純就只是那時在車內看見的「喉糖」，就那麼恰巧出現在我眼前。

我就像是被喉糖埋伏，人被它抓到那樣，佇立在店鋪前。

「那、那個，請給我喉糖。」

我指著架子說道。因為我並不清楚購買的流程，就像是一個鄉巴佬一樣，有種說不上的格格不入感。

「一百日圓。」

對方也是冷淡地回道。太好了，這樣就買到了。

在我從口袋拿出一百日圓給店員的期間，有兩名後到的男子，各自買了週刊雜誌跟香菸後便離去。我只是買個東西，為何會覺得自己動作好像特別緩慢。

我在離店鋪有段距離的地方打開包裝，將喉糖放入口中。不知道是不是因為緊張的關係，嘴巴裡很乾，感覺喉糖都卡在黏膜上了。

我當下的感想是，想買東西就可以立即買到，是一件多麼棒的事啊。

就在我一邊翻舔著嘴裡的喉糖，一邊朝剪票口走去時，發現店鋪旁貼有一張小海報。

「誠徵販售員，約聘員工。」

啊啊，就是它了，這麼剛好。

果然叫我來這間店鋪當販售員的，就是這個車站吧。我心想。

那天是我下午請假沒去大學上課，前往醫院的日子。

我還想著是誰從後方推我肩膀時，人就已經懸在空中了。

要掉下去了。當我這麼一想，隨即開始思考起，自己該掉在哪個地方才好，我得決定一下地點。我的手腳在空中亂揮，明明沒有時間讓我選擇要跌落在哪，卻還是用眼睛巡視了一番。可以的話希望是不痛，不知道有沒有比較軟一點的地方。

這一瞬間的想法沒有任何意義。兩秒後我以最痛的跌落方式，跌坐在兩條軌道之間。

我的小腿大力地撞上鐵軌，就在碎石頭上。

我覺得自己卡進了一個巨大的溝裡，四周景色也為之一變。天空被切成細長的形狀。從水溝中抬頭望著外頭的老鼠，所看見的天空，大概就是這樣吧。只是這片天空上頭，有架起來的電線。

我膝蓋以下全都麻掉，腳完全動彈不得。我試圖想將身體稍微往旁邊挪一挪，但是根本使不上力。

屁股底下的鐵軌在震動。

我現在人在鐵路的軌道上，列車也在同一個軌道的某處，正往我這裡駛來。
哐噹！哐噹！震動聲越來越大聲。
在稍遠的地方響起了警鈴聲。
「電車要來了！」
「快點上來啊！」
我聽見陌生人的聲音。他們確實是在對我說話，但是我就是動不了。不知道是因為痛楚導致動不了，還是嚇到腿軟所以動不了，總而言之我就是整個人動彈不得。
「妳不用爬上來，躲進月臺底下就好。」
月臺底下？
我這時才終於意識到目前的情況。我從月臺跌落到鐵軌上了。然後，列車大概是要進站了。也許幾秒後，也許幾分鐘後，我不知道。
有處被挖了一個凹洞，上頭寫著「緊急避難處」的地方。距離我大概三公尺左右，看來只要躲進那裡就好了。
只是那三公尺彷彿有無限般遠。
「站起來，快點站起來！」

不知道是誰的聲音對我這麼說道。

我很清楚狀況，但是我的腳就是怎麼也動不了。

我微微扭動上半身，朝著目標避難處，試圖用手做些什麼，但那隻手也只是在空中白費力氣地劃著天空。

軌道的震動變得越來越激烈。

不知道是否是煞車的聲音，我聽見金屬相互摩擦的聲音從附近傳來。

震動的不只是軌道，連碎石也在震。

我會死在這裡。我心想。

就像切披薩那個，上頭裝有旋轉刀刃般的器具一樣，我幻想起列車的車輪也會在我身上切過去的畫面，不覺皺起臉來。

金屬巨響逐步朝我靠近。

「不要動！」

我想那聲音是從我後方傳來的。

瞬間，我的視線被某個東西遮蔽住。

低沉的震動和金屬聲，再加上響個不停的警笛聲和警鈴聲，把我的耳朵給堵住了。

我的肩膀、背部還有腰部都被某個東西給壓著。當我發現時，眼前已是避難處。

我一口氣跳進來這裡了。

光線被遮蔽，列車也隨著風壓從我背後疾駛而過。

剛才那瞬間，有一個人衝到了我面前。

我回過頭去，看見好幾個車輪從我前方通過。

最後速度慢慢減弱，車輪也跟著停止。

得救了。總而言之，我得救了。

離我們有段距離的站務人員們，此刻正站在月臺上，好像在說些什麼。

我的視線被一個巨大車輪擋住，車輪貼合軌道的地方就像刀刃般，閃耀著豔麗的光芒。

我覺得自己好像盯著它看了好長一段時間。

【各位旅客您好，很抱歉耽誤您們的寶貴時間。剛才上行列車在通過月臺的途中緊急臨時停車，為了確認掉落到軌道的乘客是否安全無恙，還請各位旅客稍待片刻。】

確認乘客是否安全無恙——指的就是我。我的臉紅到都快噴火了。

「沒事的。妳沒有任何過錯。」

這個男人是自己跳下來救我的嗎？

僅是十秒到二十秒之間的事情，我根本不知道這當中發生了什麼事。我現在正在腦中回溯事發當時，試圖整理一下。

走在月臺上的我，被誰推了一下肩膀，然後跌落軌道。緊接著電車進站，某個人，不對、現在在我身邊的這個人就立刻跳下來，把我帶到了安全的地方。多虧他出手相救，所以我現在還活著。

好像是這樣。

不知道是引擎還是車輪，又或許是別的東西，眼前的列車下半部還帶著熱氣。

我好像在躲雨一樣。

我看了一下自己的所在處，月臺就像屋簷一樣在我的正上方。一道微弱的光線，透過月臺和車廂之間的縫隙射了進來。

我不知道接下來該怎麼辦。

「沒事的。我們在這裡，我們沒事！」

和我在一起的男人大聲喊道。

月臺隨即響起一片掌聲。接著，吵雜的聲音開始四處擴散，許多人都屏息等待著這一刻。

頭上傳來了腳步聲。

我從月臺隙縫間，看見一位只露出半張臉的人。

「我是站務員。請你們就先待在那裡不要動，不然會很危險。」

我聽見他在用無線電和別人說話的聲音。他好像是在確認，萬一列車啟動可能會發生的危險。

「現在列車準備啟動，你們盡量往裡面靠，不要亂動哦。」

我頭上的站務員再三叮嚀道。

【請各位旅客退至黃色警戒線後，列車準備倒退。預備，往——後。】

我聽到了月臺的廣播。

車廂下方傳來機械切換的聲音，接著列車開始緩緩退後。

大概倒了一節車廂左右吧。我的視界突然開闊起來，還能瞧見對面月臺。

好丟臉，有好多人都在看我這裡。

「不好意思，請您從這裡上來月臺。」

月臺上不知何時放下了一道梯子。

當我從避難處走到軌道中間時，無數的目光馬上聚集到我身上。

我讓這麼多人被困在這裡嗎？

我完全搞不清楚到底怎麼回事，不過看來好像事態嚴重。

回頭一望，可以看見紅色列車的車頭。

好大。我可以感覺到它那無限的重量。

就在這瞬間，我開始全身發抖。太可怕了，我差點就要被這巨大的東西壓扁。不管是骨頭還是肉，只要和這列列車的重量相比，硬度根本就沒有什麼差別。被車輪輾過的地方會被壓成一、兩公釐，身體被撕碎，就像是被縫紉機縫過一般。

我的手開始顫抖，無法好好呼吸。踩上軌道的腳也整個麻掉。

我幾乎沒有辦法去看其他東西，只能聽從指示爬上樓梯。

在我的記憶中，我好像也無法自己爬上階梯，是被人抓住雙手拉上去的。

有人在我頭上蓋了一條毛巾，我把自己的臉遮住，就像是被警察逮捕的嫌疑犯那樣。

月臺上應該有很多人，還有好幾名陪在我身邊的人，但是關於那些事，以及自己是怎麼被帶到房間裡的過程，我都不記得了。甚至也不清楚，我是靠自己的腳走進那間房間的嗎？

一開始，我連自己是怎麼跌落軌道的都不知道。

當然也不是我自己想跳的。

我只是走在路上，同時在想一些事情。

然後……有人突然推我的肩膀，不、也可能是背？總而言之，就是有人從後方用力推了我一把。

我的某隻腳就這麼踩空了。沒錯，應該是左腳。那時我剛好走在導盲磚附近，正當我重心移到右腳的瞬間，有人從我右後方推了過來。我一個踉蹌，連忙想用左腳撐住身體，但此時我的腳下已沒有東西可以踩。

在回答他們問題的期間，我的記憶也逐漸連結起來了。

鐵路公司的人似乎一開始還懷疑我有自殺的意圖。

我知道有很多人跳軌自殺，但是我並沒有任何自殺的動機。

那一天，可是我知道自己肚子裡有小寶寶的日子。

懷孕第六週——多麼充滿希望的一句話。

在超音波的影像中，有個形狀像是花生，還是繭的窟窿，裡頭有個豆粒般大小的東西，他們說，那就是我的寶寶。

我很開心。

不過，我應該會被說還太年輕吧？妳不是才剛滿二十歲嗎？那大學怎麼辦？妳的學費也是因為有打工才勉強維持住，根本就養不起小孩啊——他們一定會這麼念我。

我最先思考的是，該怎麼跟父母說呢？我的交往對象也知道這件事。他們應該會很驚訝吧。會生氣嗎？我想是不會單純地為我感到開心。

但我還是很高興。

等到這孩子一長大，我就要跟他說：「當媽媽知道肚子裡懷有你的那一天，可是高興得不得了呢！」而為了不要忘記這份喜悅，我打算今天一整天都要好好沉浸在這份感覺中。

遇上了空前的人生大事，簡直讓我興奮到想跳起來。

早知如此，我就應該跳到空中飛舞一下。我就是因為心不在焉地走在路上，才會被人推了一把，朝向軌道跌了下去。一定是因為這樣。對於在這一小時內，發生在我身邊的事情，我只能這樣去接受。

「有人看見一名男子朝她背後撞上去。」

途中有位站務人員進來房間這麼說道，最後才得以讓我洗刷掉自殺的「嫌疑」。

「請問他是故意推我的嗎？」

「我們還不清楚整起事件是對方蓄意還是一場意外。」

「這或許相當於殺人未遂了，而且監視器應該也有拍到，所以等一下我們也會聯絡警方。我想可能過個幾天警察就會與妳聯繫。」對方這麼說道。

「請你們務必要幫我抓到那個人。」我是不是應該這麼說呢？我的大半腦袋都在思考這件事，但是關鍵就在於，我完全沒有自覺，自己遭遇了如此嚴重的犯罪事件。

事情發生前，我就是這麼心不在焉才會跌落軌道，也不知道到底發生了什麼事。當我意識到情況危急時，救我的人從月臺上跳了下來，而我也什麼都不曉得，他就把我推到了安全的地方。

我差一點就要被電車輾過，好在千鈞一髮之際得救，隨後就被站務員帶上月臺，接著人就在這間偵訊室般的「會議室」裡。

大約被問了一個多小時的話，我才終於得到解脫。

「不好意思給各位帶來那麼多麻煩，也非常感謝你們各方面的協助。」

我明明是受害者，為什麼要道歉呢？儘管心裡這麼想，卻還是低下了頭。

不過警鈴響起導致列車緊急停車，確實是造成了一場騷動，只是我也不知道，這算是鐵路公司的錯？還是我的錯呢？我想或許是我身體的某個東西，把「犯罪」給招來了吧。

「請問救我的人，現在人在哪裡呢？」

我還沒有對冒死來救我的人說上任何一句話。

「他在很早之前就已經離開了。」

「離開了？怎麼會……」

我非常震驚。與其向鐵路公司的人說明事情，我應該要先向對方道歉的。

「那你們可以告訴我他的名字跟聯絡方式嗎？」

「真的非常抱歉。因為本人有表示，希望我們能替他保密……」

「連我也不能說？」

「是的。」

「他有跟你們鐵路公司的人說吧？」

「一開始對方也不願透露名字給我們，是後來我們向他說明，有人員跌落軌道的情況，我們就必須寫一份完整的報告書，所以地址跟名字是絕對必要的，他才願意接受。」

這可麻煩了。

我現在仍然有種摸不著頭緒的感覺。至少我是希望那個比我冷靜的人，能告訴我這起重大事件的真相。當然，對於他救了我性命一事，我也必須向他好好道謝。

「他是我的救命恩人，不管怎麼說，我都應該要向他道謝才對。所以……」
「您說的我們當然也明白，但是我們這裡就是沒有辦法……」
「怎麼會……」
「畢竟對方強烈希望不要告訴廣田小姐您，所以我們實在無法回應您的要求啊。我也十分理解您的心情，但是儘管理解，還是希望您能體諒體諒我們啊。」
「我知道了。」
看來我也只能這樣回了。
總覺得所有的事情都不是照我自己的意願，而是被從天而降的展開硬牽著鼻子走。
就像彈珠檯裡被打出的小鋼珠一樣，自己什麼都做不到，在這邊被反彈，在那邊又被反彈，沒有辦法自己冷靜下來，只能不停地被撞。
「或許你會覺得為什麼我要問這個問題，但是我想知道，救我的那名男子，是個怎樣的人呢？」
「您所說的怎麼樣是？」
「因為我實在是驚嚇過度，就連對方的臉跟穿著都完全想不起來。」
「啊，原來是這樣啊。當人受到巨大打擊時，這種情況好像很常見呢。」

是這樣嗎？

「他的身高，嗯……差不多有一百八十公分？大概稍微再矮一點。頭髮偏長，然後……沒有戴眼鏡。雖然人是瘦的，但肩膀應該是比一般人再寬一點。」

不知道在製作「嫌犯素描」時，是不是也會做這樣的對話呢？

只是我試著從每句話中回想起那個人的樣子，卻還是無法在腦海中形成一個畫面。

我甚至覺得，自己真的有看過這個人嗎？

難道我失去了十幾秒的記憶了？還是說，我想要獲取那段時間的資訊被封鎖了，所以無法傳達到我腦中呢？

「沒事的。我們在這裡，我們沒事！」

那個人大喊的聲音還殘留在我耳邊。

也因此，我首先想到的是，啊、我平安無事了。接著才意識到，直至剛才為止，我都一直處在危險狀態中。大概是這樣的順序。

如果我真的就這麼被列車輾死，恐怕也不會感到任何痛楚吧。

但是我並不想死。

「對方有一個特殊的地方。」

見我陷入一陣沉默，站務員也露出些許困惑的表情。

「特殊的……地方嗎？」

「他穿著一條裙子。」

「……？」

我以為我聽錯了，不然就是鐵路相關的專門術語之類的東西。

「對方是名男性吧？」

「是的，是一名男性。他穿著一條長到腳踝的長裙。」

我被一個不知道姓名、穿著裙子的男人救了一命。

也因為如此，他所背負的東西，也跟著重重地壓在了我身上。我實在是沒有想到。

一般來說，只要知道聯絡方式，就會寄封信或是直接帶著虎屋的羊羹去拜訪對方，接著再補一句道謝說：「前陣子真的非常感謝您。」然後一切就結束了。

知道自己的身體裡寄宿著另一個生命，一生中也不會有個幾次。

而且光是挑這麼特別的日子，把我推落到軌道上，就已經讓我覺得自己遇到的事已經夠離奇了，有種「人們永遠不會知道，自己的人生會發生什麼事情」的感覺。只是沒想到還跑出一個不知道是哪來的人，救了我一命，連名字跟聯絡方式都沒說直接離去，簡直就像電視上的英雄出現在我面前一樣。這經驗實在是太過特別，已經無法用這是「某天發生的事」來帶過了。

而且還留下，明明是男的卻穿著裙子的「謎團」。

我該怎麼辦才好？

要是我能忘記一切，從隔天開始當作什麼都沒有發生，繼續過我的生活就好了。

當時，我人都還沒搞清楚狀況，就在鐵路公司的會議室裡被他們問話。隨著時間的流逝，我才意識到自己在千鈞一髮之際差點死掉，而這想法也越來越大，隨即填滿了我的腦袋。

從那天之後，我就不再只是活在昨天的延續中，而是成為了從危險地區回來的「生還者」。不光只是我，就連我肚子裡的賢一也是。要是當初我就這樣被電車輾過，那孩子也無法誕生在這世上了。

一想到這是一條差點死去又被救活的生命，惹人憐愛的心又多了好幾倍。

而懷了孩子的事，也讓我和交往中的男友登記結婚了。

我們兩人算是勉強畢業，但是身邊帶著一歲孩子的我，實在很難順利就職。於是我的丈夫成為了正式員工，我便開始了待在家中照顧孩子的生活。

在賢一升上小學後不久，我們察覺到彼此都不愛對方了。這不是誰的錯，只是因為各種原因讓感情冷掉了。即使如此，也有人能靠著與戀愛不同的其他感情，建構出一個幸福的家庭。只是我們不是那樣而已。

如果不是婚外情或是失業之類的重大事件，想要離婚其實挺麻煩的，我們就花了將近一年時間在協調。

在他答應支付每個月兩萬日圓的贍養費，直到賢一大學畢業後，我們就順利離婚了。雖然兩萬日圓也太便宜，但是我想到，如果他要進入新的婚姻生活，那這筆金額對他來說就比較不會有負擔。加上根據不同情況，若有需要隱瞞自己在支付贍養費一事，還是選個能瞞住的金額才有可能長久支付下去。

「我們今後就要跟爸爸分開住了哦。」

「我沒關係啊。」

聽見賢一回得如此迅速，不禁讓我覺得他的爸爸有點可憐。

他在學生時代為了養育孩子，幾乎是整日埋頭拚命打工。就算成了社會新鮮人開始在公司工作，為了賺取三人的伙食費，他還是會主動留下來加班。只是對於孩子來說，不在家的父親也就沒有什麼價值了。

母親雖然厲害，但是不會賺錢。由於時薪不高，就得靠長時間工作來補足。當我們變成單親家庭一起生活後，我變得比他爸爸還常不在家中。

我總是在找尋工作。要是有地方願意僱用我，給我高一點的時薪就好了。就是在這個時候，車站的 Kiosk 約聘員工徵才廣告映入了我的眼簾。

我當下便覺得，是這個車站「在呼喚我」。

「搞不好妳可以在這個車站工作哦。」在這好幾年間，深藏在我心中的某個東西，出現在我眼前，小聲地向我低語。

如果我每天都在這個車站工作，說不定就能遇見那個救了我的人。我當下便這麼想道。

那已經是好幾年前的事了，也不知道那個人還有沒有來這個車站搭車。說到底，那時也不能確定他是否經常來往這個車站，或許他也只是剛好經過，便遇上了我跌落鐵軌的意外。我既不知道他的名字也不知道他的職業。我們就只有過那麼一次的幾分鐘相處而已。就連他的臉，我也是完全不記得了。我唯一能由外觀判別的資訊就是，他當時穿了一件裙子，如此而已。

百分之九十九點九九是不可能的。我很清楚，自己怎麼可能光靠那點訊息就能遇見對方。不過，可能性還是有的。不對，反正也是見不到，乾脆心裡想著或許哪天能見得到，藉此勉勵我繼續工作的話也行。

我硬是找了一個理由，讓自己這麼覺得。我也說不上來，但這個車站就是在呼喚我。總而言之，我就是有這種感覺。

「這不是滿好的嗎？」

我將這件事告訴賢一，他馬上這麼回道。

「雖然我有可能在出生前就先死掉，但是媽媽是在那個車站得救的吧？妳是在那個車站獲得了新生對吧？」

竟然說出了這麼成熟的話……

我的眼睛有些溼潤。我不認為兒子真的理解自己話中的含意。他只是把我時常講給他聽的話，原原本本地記下來，再重複一遍而已吧。我會和他這麼說，也只是為了要說服自己，沒想到兒子卻反倒推了我一把，這讓我非常開心。

如我所願，我得到了車站販賣部的販售員工作。

雖然被告知實習期間不確定會在哪工作，讓我有點失望。不過當時的我選擇反過來想——「反正我能遇見那個人的機率，幾乎可說是零。」離過一次婚的三十幾歲女性，就是這樣一邊肯定自己，一邊闖蕩世界的。

儘管收入沒有增加多少，但是與身兼許多份零工的時候相比，我待在家裡的時間增加了。最重要的是，我的精神也終於得以放鬆。

「你可要好好用功讀書哦。因為我們家只能供你讀國立或是公立大學。」

雖然我沒有多餘的能力可以讓兒子去上補習班，不過相對的，晚上我就會陪他一起讀書。這都是因為有那個車站呼喚我，我的生活才能像這樣安定下來。我是這麼認為的。

「媽媽妳也太樂觀了。」

不知不覺間，賢一也變得像高中生那樣，會說些臭屁的臺詞了，明明還是個小學生。

曾經是那樣的賢一，現在已經是一名從事機器人開發工作的工程師。我終於也開始走運了。

一過下午三點，冬天的日照就會直射店鋪。

前排的週刊雜誌封面也會因為時間的變化，反射上頭的陽光，要是從店鋪兩旁觀看就會變得有點困難。

此時是沒有客人的時段，剛好晚報也送來了，我便順勢走到外頭，重新把店面的陳列商品排好。

我很喜歡這段時間的工作。

送來的晚報就放在店內，我解開報紙繩，把沒賣完的早報收集起來，再把它全部換成晚報。我會把報紙捲成筒狀，故意錯開一點，這樣一份一份，客人才會比較好拿。

雜誌的話，有些需要替換有些則不用。從外面看整個店鋪，就可以看見哪裡的商品被弄亂，以及哪裡的庫存沒補齊，這些都是店內看不見的地方。

「這多少錢？」

這聲音是——中午先生。他手上拿的是女性流行雜誌的藝術特輯。

「抱歉，那本是四百八十日圓。」

「這間店再過不久就要關了呢。」

昨天我就把要結束營業的公告張貼出去了。

我接下五百日圓，同時準備二十日圓在手上。

「因為要設月臺門了。」

「有月臺門很好呢，這樣就不會有人掉落軌道了。不過，月臺門跟你們的店鋪有什麼關係嗎？」

「假如要設月臺門，能夠通行的區塊也會跟著變窄，我們的店鋪就會擋住旅客通行。而且這裡的店鋪又比其他地方大了一點不是嗎？再加上這附近好像要鋪設導盲磚……」

我一邊說著，一邊用手指向導盲磚應該會設置的位置，就在這時——

還以為我心臟要停止了。

我的嘴巴大張，無法呼吸。

就在我說著「這附近好像」的同時，我的手指前方，是中午先生的一雙黑鞋。

然後，往上延伸的地方，被一條長裙所覆蓋。

下襬的花紋是漂亮的紅型染（註20）。

「怎麼了嗎？」

中午先生注意到我嘴巴大張、呼吸急促的樣子，便朝我靠了過來。

他的身形纖細，但是肩膀相對較寬。身高大約有一百八十公分左右。頭髮以男性來說偏長，還混了一點白髮。年紀大概比我長個幾歲，應該在六十歲左右。他看起來不像上班族，感覺無法捉摸的部分很像個藝術家。

「妳還好嗎？不好意思，失禮了。」

註20　紅型染：起源於十四世紀的琉球王國，是沖繩當地流傳數百年的傳統染布工藝。

中午先生把我的手借過去，透過手腕開始測量我的脈搏。

「妳的脈搏滿快的，呼吸也很急促，最好趕快叫醫生來比較好。總之，我先幫妳叫站務人員來。」

「等一下！」

正要跨出步伐的中午先生轉過頭來。

「沒事的。我們在這裡，我們沒事！」

「？？？」

中午先生一臉不解地瞇起眼睛。

「沒事的。我們在這裡，我們沒事！」

「請問怎麼了嗎？」

「這是你說過的話。三十三年前，你在這個車站所說的話。」

「三十三年前……」

這次換中午先生張嘴了。他將視線投向空中，似乎是想弄清楚，眼前這一刻到底發生了什麼事。

我看著這一幕，所有情感也跟著湧上。

「太好了。我以為我再也見不到你了。

因為我根本不知道你是怎樣的人，我連你的名字、住在哪裡，還有長相都不知道。但我還是一直期待著，雖然沒有抱著多大期望，但就是一直想著，或許真有這麼一天。

你是在我二十歲的時候救我的。在那之後又過了一些時日……我從二十八歲開始就一直待在這裡。

直到現在……從星期一到星期五的每一天。我一直在這裡盼望著，如果是在這個車站，或許我能夠再次見到那位對我來說，幾乎是一無所知的陌生人。我有找過你哦。雖然沒有抱著太大期待就是了。」

我深呼了一口氣。中午先生也在一旁靜靜地聽著我說。

「畢竟我不知道的事情實在是太多了。你只待在我身邊短短幾分鐘，但我看見你的樣子大概就只有幾秒鐘，我怎麼可能知道會是你。而且你連名字跟住址都不說就這樣走了。

唯獨你的聲音，我還記得。

『沒事的。我們在這裡，我們沒事！』

那聲音在我的腦海中，一次又一次地重複著。我想一定有好幾千、好幾萬次，多到我都數不清的程度。

但是對於只聽過一次的聲音，我根本沒有自信能夠認出。心裡總是想著，就算真的聽見那聲音，我也絕對不會知道。不、說到底，你也不可能會來這裡。我從來就不覺得自己能夠遇見你。不過儘管如此，我還是每天都在這裡。

果然，我連聲音都不記得了。

此刻的我明白了。

我們在好幾年前開始，就已經見到面了。

『Short Hope（註21）。』這是你每天來這裡買菸時會說的話。

有時候又會一臉歉意地向我說：『不好意思，我只有一萬日圓。』

或是『兩百三十日圓，我放在這裡。』之類的。

你的聲音我明明就聽了無數次，卻完全不知道。

光靠三十三年前只聽過一次的聲音，果然還是無法辨別出是你。

不可能的。

因為，我從店裡根本就看不見你穿裙子的樣子嘛。

你總是從旁邊、從後面繞過來，我怎麼會知道。

註21　Short Hope：日本的香菸品牌。

不可能嘛。我根本不知道你穿著裙子。

明明就只有這個方法能讓我知道『你』就是那個『你』，但我卻無法看見。

我明明就見到了好幾百次想見的你，卻完全不知道。

不過真的幸好，幸好最後有見到。

後天這間店就要結束營業了，這麼一來，我能等待你的地方也就要消失了。

還好趕上了。

三十三年前，你將跌落軌道的我救了起來，真的很謝謝你。」

當我將這句話說出來的同時，安心的淚水也跟著湧出。

「當時在我肚裡的孩子也成為了一個出色的大人了。

現在他正從事機器人的開發作業。可能再過個幾年，會在哪個車站出現機器人販售員也說不定。到時候，它會待在更小的店鋪裡，面對更多琳琅滿目的商品，快速地兜售叫賣呢。」

我的臉已經哭到皺成一團了。

我深深地低頭鞠躬。

有人在一旁拍手。

當我注意到的時候，身旁已經被一大群人圍觀。

眾人就這麼圍著我們——一名穿著制服的女店員，站在穿著下襬花紋是紅型染長裙的男人面前，正在嚎啕大哭。

雖然是零星的鼓掌，卻讓我覺得是溫暖的。

「啊，太好了。」

緊繃的東西終於鬆開了。

「謝謝你，我也很感謝你一直以來的光顧。真的還好有遇見你。」

我又再度低下了頭。

「對不起。」

中午先生也低下了頭。

「要是那個時候，我能把名字或是聯絡方式告訴鐵路公司的人就好了呢。這麼一來，妳也不會在這三十三年間，一直在找我。我真的做出了非常抱歉的事。我救妳的時候，還是這個車站附近，某所藝術學校的學生。大約在三年前，我開始在那裡教書。

那時的我對自己很沒有自信，覺得很丟人。因為我明明穿著裙子，卻還是不習慣別人把我當作是個怪人。做出了非常不乾脆的事情來。」

月臺內的廣播響起。

列車跟著進站，圍繞在身旁的人群們也散開了。

我向他伸出雙臂，他也一樣伸出手。光是握手一點也不夠，所以我抱了他。

這雙手臂，曾經救了我一命。

車門打開，從裡頭吐出新的人潮。

「告辭了。」

我們互相輕輕地揮手道別。

糟糕！我把店丟在一旁了！

我急忙轉頭望向店的方向。里子不知何時已在裡頭，精神抖擻地在應對客人。

當我們對上目光時，里子便用嘴型念著「廁所」。

如果不快點弄弄，休息時間就要結束了。我還得去補個妝才行。

我轉向廁所，邁開了步伐。

不知道什麼時候，月臺上被人用粉筆畫上了線。再過不久，這裡就會做出一個圍欄，設置月臺門了。

在我從事販賣部工作的這段期間，發生過好幾次人員跌落軌道的意外，不過以後這個車站，不會再有人掉下去了。

我單手抱著化妝包，沿著被淚水滲進的黃色粉筆線前進。

嬉文化

末班車的神明大人
（原名：終電の神様）

著者／阿川大樹　譯者／UII　國際版權／高子甯、賴瑜妗
執行長／陳君平　執行編輯／石書豪　文字校對／施亞蒨
榮譽發行人／黃鎮隆　美術總監／沙雲佩　內文排版／謝青秀
協理／洪琇菁　美術編輯／陳姿學
總編輯／陳昭燕

出版／城邦文化事業股份有限公司　尖端出版
臺北市南港區昆陽街十六號八樓
電話：（〇二）二五〇〇－七六〇〇
傳真：（〇二）二五〇〇－二六八三
E-mail：7novels@mail2.spp.com.tw
發行／英屬蓋曼群島商家庭傳媒股份有限公司城邦分公司　尖端出版
臺北市南港區昆陽街十六號八樓
電話：（〇二）二五〇〇－七六〇〇（代表號）
傳真：（〇二）二五〇〇－一九七九
中彰投以北經銷／楨彥有限公司（含宜花東）
電話：（〇二）八九一九－三三六九
傳真：（〇二）八九一四－五五二四
雲嘉以南／智豐圖書有限公司
（嘉義公司）電話：（〇五）二三三－三八五二
傳真：（〇五）二三三－三八六三
（高雄公司）電話：（〇七）三七三－〇〇七九
傳真：（〇七）三七三－〇〇八七
香港經銷／城邦（香港）出版集團有限公司
香港灣仔駱克道一九三號東超商業中心一樓
電話：（八五二）二五〇八－六二三一
傳真：（八五二）二五七八－九三三七
E-mail：hkcite@biznetvigator.com
新馬經銷／城邦（馬新）出版集團 Cite（M）Sdn. Bhd.
E-mail：cite@cite.com.my
法律顧問／王子文律師　元禾法律事務所
臺北市羅斯福路三段三十七號十五樓
二〇二四年五月一版一刷

■中文版■

郵購注意事項：
1.填妥劃撥單資料：帳號：50003021戶名：英屬蓋曼群島商家庭傳媒(股)公司城邦分公司。2.通信欄內註明訂購書名與冊數。3.劃撥金額低於500元，請加附掛號郵資50元。如劃撥日起 10～14日，仍未收到書時，請洽劃撥組。劃撥專線TEL：(03)312-4212 ・ FAX：(03)322-4621。E-mail：marketing@spp.com.tw

國家圖書館出版品預行編目資料

末班車的神明大人 / 阿川大樹作 ; UII 譯 . -- 一版 . -- 臺北市 : 城邦文化事業股份有限公司尖端出版 : 英屬蓋曼群島商家庭傳媒股份有限公司城邦分公司尖端出版發行 , 2024.05

面 ; 公分

譯自 : **終電の神様**

ISBN 978-626-377-678-4 (平裝)

861.57 113000800